亮光的起點

鄧慧恩 著

推薦序

殖民地的希望與黯淡

陳芳明

殖民地的歷史從來都是驚濤駭浪，幾乎每個時刻總會構成巨大挑戰。對近代台灣知識分子而言，他們的身分注定是次等於日本人，但建構起來的知識，往往比殖民者還優越。到今天為止，有關殖民地生活史的探索其實還相當遼闊。多年來，有太多歷史家投入政治運動的探索，甚至延伸到戰爭史的始末。在一九八〇年代以前，台灣小說家幾乎都在營造抗日運動的歷史。無論是精神抵抗或武力抵抗，都成為小說敘事的核心。早年吳濁流所寫的《亞細亞的孤兒》，著重於台灣知識分子認同的苦惱。一九六〇年代，鍾肇政開始建構《濁流三部曲》與《台灣人三部曲》，為台灣的大河小說立下典範。其中，最重要的主題莫過於對台灣主體性的關懷，從而帶出島上知識分子如何在台灣人與日本人之間擺盪。一九七〇年代，李喬完成《寒夜三部曲》，橫跨了日本據台到南洋戰爭的重大事件。他描述了不同時期的台灣人不斷進行精神抵抗，即使被迫徵召到南洋作戰，在軍隊中的台灣人是如何強烈望鄉。

所有這些作品，相當經典地呈現了戰後作家的主體建構。毫無疑問，這些大河小說，不僅注意到日本殖民者統治手段的變化，也注意到台灣人在不同環境裡是如何自我定位。即使到一九八〇年代，東方白完成《浪淘沙》三部曲時，基本上還是延續吳濁流、鍾肇政所樹立的抵抗傳統。這些小說的書寫策略，大多沿著抵抗精神來形塑小說人物，而他們的心靈特質，往往依違於帝國與殖民地之間的價值觀念。這種書寫技巧背後的重要關鍵，其實都是受到戰後戒嚴體制的規範。在某種程度上，國民黨所建立的黨國體制，在內容與本質上，與日本人在島上建立起來的帝國體制極為相似。如果這樣的解釋可以成立，這些小說家的作品其實暗藏太多的微言大義。小說人物對日本統治者的反抗與抵抗，也隱隱彰顯了小說家的內心企圖。他們的書寫策略，其實也是對黨國體制進行無止盡的對抗。

鄧慧恩所寫《亮光的起點》，完成於二十一世紀的今天，在書寫策略上，似乎與前行代的歷史小說家頗為不同。文化認同或國族認同的問題，在整個故事敘述過程中稍稍有所轉移。這部小說曾經參加全球華文文學星雲獎，獲得三獎。我參加那次的評審，對這部作品看得相當高。最主要的原因，是因為察覺了她的書寫策略展現了全新氣象。文化認同的問題隱藏在故事的背後，從一位從未受過正規教育的台灣青年，挖掘了不為人知的故事。在複雜曲折的歷史過程中，她把焦點投射在一位台灣男性與日本女性之間的情感拉扯。這位台灣青年王雨卿只讀過小學，他在學校裡當工友，擔任日本教授的助理。精采的故事就從小人物、小地方緩緩出發。

王雨卿是勤勞的工友，時時刻刻都能滿足教授的要求。整個故事的場景鎖定在台南的師範學校，他協助教授建立植物與生物的標本。從未受過正規訓練的工友，每天站在教授身旁供其驅使。長期的觀察，使他開始也對台灣本地的動物植物產生興趣。日本人對台灣的生態特別注意的原因是，希望能夠站在帝國的立場建立殖民地知識。對於已經現代化的日本教育者，他們要熟悉台灣的原因很簡單，其實就是要永久化擁有台灣。殖民者之所以是殖民者，關鍵因素就在於他們比台灣人還更了解台灣。他們透過各種調查，不僅熟悉台灣的人種，更熟悉台灣的自然環境，最終目的就在於能夠徹底占有台灣。

位階甚低的王雨卿，並不知道教授為何要捕捉那麼多生物作為標本。對他本人而言，只是熟悉自己的生活環境。從蝴蝶到昆蟲，就是他從小成長過程中一起陪伴的生活事物。當他跟著教授學習之際，終於也慢慢地理解了台灣自然環境的奧妙。他不知道這些標本對他的生命具有何種意義，也不知道教授的研究是有何種企圖。在日日夜夜重複的生活過程中，他終於使自己的生命與自己的鄉土慢慢結合起來。這部小說，與過去前行代作家的書寫策略截然不同。在日本人與台灣人之間，似乎不存在著敵對的立場，反而是屬於工作的夥伴。

不斷上進的王雨卿，不僅建立了屬於個人的生物知識，而且也與教授之間建立了相當穩定的感情。所謂台灣博物學，就是在這樣的合作過程中逐步建立起來。王雨卿並沒有要成為知識建構的追求者，卻在無形之中開始有了自己的發現。他受到教授的倚重，最後容許他個人可以進行獨立的標本蒐集，也鼓勵他去發表他自己的發現心得。整個故事的最大轉折，便是他遇到了日本來台的女性佐伯操。台灣人與日本人之間所存在的鴻溝，便在他們相遇的時刻浮現。被殖民者的身分，在工作場域似乎受到遮蔽，但牽扯到男女愛情時，就自然而然彰顯出來。

處於位階最低的王雨卿，卻因為在生物探索過程中建構屬於自己的知識，終於受到教授的鼓勵到日本參加檢定考試。在兩次重要的檢定考試中，他都順利完成。一位籍籍無名的小工友，卻因為檢定合格而翻轉了身分。他不僅可以與台灣知識分子平起平坐，也順利獲得了一個研究的位置。他的勤奮刻苦，也使日本教授感動。這本小說的精采之處，便是王雨卿可以與當時台灣的知識分子往來。在不同場域裡，他與許多抗日知識分子過從甚密。這部小說動人之處，就在於讓我們看見從一九二〇到三〇年代，知識場域與政治舞台上的台灣人，包括林茂生、杜聰明、連溫卿，以及日本的國分直一、星襄一。這些人物是殖民地文化運動的重要發言人，藉由王雨卿的穿梭，而帶出了整個殖民地時期的文化風景。

日本女子佐伯操，隨著父母來到台灣，卻因緣巧合而遇到了王雨卿。不斷往上爬的這位台灣人，在知識追求上可以說無往不利，最主要的原因是他工作非常勤勞，對周邊的自然環境懷抱高度好奇心。位階甚低的台灣人，在知識領域還未遇到文化歧視。然而牽涉到感情追求時，台灣人之次等於日本人的議題就彰顯出來。過從甚密的兩位男女，其實中間存在著無可跨越的鴻溝。如果沒有日本校長、教授出面進行道德勸說，王雨卿與佐伯操的婚姻恐怕永遠無法完成。佐伯操的父親終於還是被說服了，終於成就了兩個人的婚姻。

鄧慧恩在營造這個歷史故事時，已經完全超脫了壓迫與抵抗的固定模式，同時也超脫了殖民與被殖民的二分法。日本人與台灣人之間的感情流動，似乎揭露了台灣歷史的某些真相。但是真正的幸福降臨時，王雨卿卻落入了生死交關的考驗。在他病危之際，台南運河浮起了奇妙的螢光，那彷佛是一種徵兆，也是一種預言。鄧慧恩的筆法相當細膩，尤其在描述夫妻之間的幽微互動，似乎翻轉了殖民地故事的窠臼。殖民者女性與被殖民者男性，再也不是帝國權力所能主導，最後還是複製了男尊女卑的模式。這是殖民地小說的再鍛鑄，也是壓迫與抵抗模式的再翻轉。作者的功力帶領著新世紀的讀者，重新觀看殖民時期的故事。這是一個小小的突破，卻也預告了台灣歷史小說的未來。

（本文作者為國立政治大學台灣文學研究所講座教授）

推薦序

亮光的所在，是不是夢的盡頭？

陳萬益

慧恩的第一部歷史小說創作《亮光的起點》，先獲得國藝會文學類創作案的獎助，又榮膺全球華文文學星雲獎歷史小說創作獎，是知識積累與創作實踐結合的佳構。

小說以台南人王雨卿（一九〇七——一九三八）及其同時代台灣知識分子的活動為題材，勾勒了黃欣、施乾、張維賢、柳德裕、郭主恩、牧茂市郎、國分直一、林茂生等台日人之間的交往與互動，展現了台灣現代文明之科學、文學、藝術、教育、宗教、民俗等多彩多姿的啟蒙樣態。王雨卿出身貧困家庭，公學校畢業後以工友的身分學習製作標本。觀察動植物生命的成長，進而研究台灣的蝸牛、蝴蝶、紅蝦、蠹魚、螳螂、毒蛇、青蛙等，而通過日本文部省動物科中等教員檢定考試，為台灣第一位博物學家，並且在風雲際會之間，參與了世界語運動，可惜壯志未酬，三十二歲即因病離世。

小說以王雨卿的生命史為主軸，敘事則以日本殖民時期的內台婚姻為主線：王雨卿和麻豆街協議員佐伯留雄之女佐伯操的愛情與婚姻，一如當時多數情況，因血緣遭遇障礙，而佐伯操愛情堅貞，自己抉擇婚姻，後來還體認雨卿的心願，領養泰雅族的兒子，作為跨越國族、血緣的大愛。小說即以佐伯操向兒子揭露其父親生平及身分謎底的首尾篇幅顯示此精神。

閱讀《亮光的起點》，讀者在新知的悅賞與滿足之外，一定會驚嘆慧恩跨界巧思的工夫：為了具體描述「博物學家」王雨卿，慧恩對台灣動植物種的研究也相當專業而深入，甚至到達與物同在的感受，譬如她描繪螳螂「輕如輕紗的長翼，像是天主教女性披戴的頭紗，前臂伸向半空中，就像是對天主祈禱，整隻淡綠的螳螂，極為柔軟的頸部，頭可朝任何方向自由轉動，好像一直保持警醒，隨時等候天主的召喚。」她寫連溫卿以「Lepismo」（蠹魚）為筆名，除了觀察蠹魚的銀灰色皮膚、極細的鱗片，咀嚼式口器等，然後讚佩說「這個自稱為蠹魚的人，必定最為了解書頁被蛀光的心痛，也以類似的慢嚼啃食來吞噬他喜歡的文字、書籍。」以至於讓台南人流言神鬼的運河夜光蟲，慧恩都考究出鞭毛蟲類單細胞動物的形體，終於在文末描述佐伯操夢境中林茂生沾血屍體被丟入河中，而王雨卿則以其研究室的標本和水中哺乳類洄遊，展演近似抬棺送葬的隊伍，「河上波光粼粼，夜光蟲也來作伴。」諸如此類對台灣物種形體的描述、形象的比譬，以至於象徵意義的再現，貼切地形塑博物學家的思維與關懷，慧恩多年的蘊蓄，一窺科學堂奧，確有深刻動人之處。

當然，王雨卿參與文士劇《少年維特》綠蒂的演出，文化協會的活動、台陽中學的籌設、麻豆的民俗陣頭、彩繪與帝展、台展等等人文諸相紛呈，將日本時代台南的文化人事如扇面展開。雨卿因黃欣送書而發現世界語，推展世界語，慧恩以相當長的篇幅，介紹柴門霍甫醫師發明的Esperanto（日語是エスペラント，中國譯為國際語或「愛世不難讀」），這大概是台灣文學作品中對世界語運動在台灣比較深刻的描述，她藉著王雨卿到台北參與世界語製播節目活動，勾勒了其時台灣的世界語運動者，包括日本人杉本良、武上耕一、甲斐三郎等，台灣人蘇壁輝、連溫卿等人，他們的階段性立場、日台人各自的現實困境與作為；不過，在這個章節裡，她並沒有孤立地談世界語，而是結合了孤魂聯盟、乞丐撲滅協會、無政府主義等組織與行動者張維賢、施乾、周合源、杜聰明等，具體呈現了萬華龍山寺及其周邊人類之家的「超越民族、超越信仰的人道主義」的思想氛圍。

小說既以王雨卿及其生平活動為主，他所連結的時代人物，從台南固園的黃欣、黃溪泉兄弟、麻豆的畫師柳德裕、矮仔師、胡奕垣，或者郭主恩、劉主安、莊松林、廖繼春、林澄藻、連橫、稻垣藤兵衛、仲吉哲哉、國分直一等等人物，雖然因為避免情節支離，而未能呈現較全面的風采，但是，如果從作者著墨重點及其寄寓較深的連溫卿、林茂生、鹿野忠雄等的書寫來看，慧恩似乎留有餘韻，俟諸他日續溫，究竟台灣在一九二〇、一九三〇年代知識分子的輝光，在近三十年來的尋找、發現，才逐漸被了解。

寫到這裡，不能不試著解讀慧恩創作的書名「亮光的起點」了，考究這個書名，只有一個線索，就是王雨卿帶著重病和小操一起去台南運河量測發光體時，面對恍如夢境的燦然水光，雨卿側臉對小操說：「亮光的所在，不知道是不是夢的盡頭？」這句情話對雨卿和小操來說都充盈著生命與愛，只是重病的雨卿較為不捨，疑是夢幻的盡頭；對小操來說，雨卿的早逝、戰後引揚、獨立撫孤、生活艱苦、晚年即將失憶，在台灣的青春歲月、愛情婚姻，雖然回首如夢似幻，卻是「亮光的起點」。所以，在她最後一次遠行之前，她要告訴兒子父親的生平，以及她兒子充滿亮光的眼睛的泰雅族身分和意義。

當然，我們也注意到小說結尾，佐伯操面對自己乾癟垂逝的生命盡頭，想起二二八事件後，她一再重複作著的一個夢，如前所述，有關林茂生的「噩夢」，但是，其間有王雨卿的標本夜光蟲。林茂生當年親赴麻豆佐伯的家，為超越國族和血緣的婚姻說項，大概是她的夢境中雜揉了屠殺和粼粼生命輝光的所在。滄桑世間，月亮總是注視著。我們在慧恩的創作中看到了這一切。

（本文作者為國立清華大學台灣文學所榮譽教授）

推薦序

永遠成做台灣人珍貴的記持

——讀鄧慧恩《亮光的起點》

呂興昌

佮慧恩熟似①有幾若項淵源。

第一、伊碩士論文《日據時期外來思潮的譯介研究：以賴和、楊逵、張我軍為中心》，是佇清大台灣文學所讀的，指導老師是我五十外冬的好朋友陳萬益教授；論文寫了真出色，予我印象真深，所以伊來成大台文所讀博士班、揣我指導的時，我無第二句，真歡喜佮伊討論相當有挑戰性的博論《日治時期台灣知識份子對於「世界主義」的實踐：以基督教受容為中心》：我知欲做這本論文，語言的能力愛特別強，除了伊原本相當熟手②的日文、英文以外，對世界語嘛愛濟少有了解，結局伊真拍拚，真正去學，學甲會當看有世界語的文獻資料，予我看着少年學者追求學問發光發熱的精神。

第二、慧恩為着博論內底所討論的人物親像周再賜、須田清基等相關的家屬，除了挖着世人罕見的史料以外，透過家屬的協助，伊毋但完成學術的工課，也佮怹建立親密友善的關係，對怹的心路歷程有深入的感受，這對伊理解歷史人物少人體會會着的族群認同，怹複雜的內心世界應該有真大的幫贊③。

第三、佇我教過的學生仔內底，慧恩是少數精通台語白話字（羅馬字）的學者，所以伊博論才有才調探討全用白話字書寫的陳清忠的作品；也因為按呢伊博士學位完成了後，暫時揣無大學專任教職的時，伊就研究囥④一邊，全精神拚創作，台語詩、台語文當然就定定⑤着獎。這會當證明伊的藝術創作佮學術研究共款，攏有真飽滇⑥的潛力。

因為遮的淵源，當慧恩共我參詳、敢會當為伊欲出版的歷史小說寫幾句仔話的時，我嘛隨允--伊；何況伊真知影我的輕重，知影我近來若不是台語，已經真少動筆矣，所以叫我

①熟似（sik-sāi）：認識。
②熟手（sik-tshiú）：熟悉。
③幫贊（pang-tsān）：幫助。
④囥（khǹg）：放置。
⑤定定（tiānn-tiānn）：常常。
⑥飽滇（pá-tīnn）：充足飽滿。

用台語寫無問題。

規本小說的電子稿若印出紙本來，凡勢⑦有二、三百頁；我認真一字一字看完，第一个感想是哪會寫甲遮爾仔⑧好看咧！第二个印象是這種題材哪會當發展出遮爾仔曠闊的視野咧！最後的想法是這本小說有啥乜⑨特別的意義！

歷史小說的主角王雨卿，除了真少數專門做研究的學者知影伊這號人以外，對大多數的人來講不止仔生份⑩，用伊作主角欲發展做一部吸引人的小說確實着愛誠激腦筋。伊是日本時代教博物科的老師，伊一生上大的趣味就是研究露螺（蝸牛）、蝶仔⑪、蝦仔等等，所以慧恩就親像咧號冊名——「亮光的起點」共款，採用一種「詩感」的手路⑫來處理伊佮動物、植物、人自然中間一寡⑬細節的交流，透過遮的無趕速度、沓沓仔⑭寫出的文字，讀者有一種特別的迷醉感，感覺生份無熟似的這个歷史人物，不是用豐功偉業來教示--咱、嚇驚--咱，而是用平常卻處理甲真予人感心的細節來吸引--咱、感化--咱。比如講，寫伊佮伊的啟蒙老師牧茂市郎做伙去野外樹林採集露螺的過程：

> 牧先生的呼吸聲越來越喘急，腳步卻沒有慢下來，兩旁的雜草都比他們還要高，行走時，腳踩著雜草前進，發出了擠壓的聲音，身邊有草拂過，有摩擦的聲音，四周皆

是起起落落的聲音。世界的本質是寂靜的，這些聲音，是活著的聲音。

世界彷彿只剩下牧先生跟雨卿，只剩下這兩個人，而他們，正往大地的心臟走去，大地對他們伸出了碧草之臂，要將他們納入懷抱裡。

採集露螺雖然是目標，但是慧恩並無急咧寫，顛倒是先寫怹⑮沿路踏查的感受；佇遮，伊掠「聲音」這个細節來鋪排，詩的意味十足，寫出研究大地生物的學者，用謙卑的心佮大自然親密交流，有尊重、有愛慕，予人心肝穎仔⑯誠感動。閣比如講，王雨卿參加黃欣台南共勵會所推動的文士劇，伊將歌德的小說《少年維特的煩惱》改編作劇本，並親身男扮女裝

⑦凡勢（huān-sè）：也許。
⑧遮爾仔（tsiah-nī-á）：這麼。
⑨啥乜（siánn-mih）：什麼。
⑩生份（senn-hūn）：陌生。
⑪蝶仔（iah-á）：蝴蝶。
⑫手路（tshiú-lōo）：處理方式。
⑭一寡（tsit-kuá）：一些。
⑭沓沓仔（tauh-tauh-á）：慢慢地。
⑮怹（in）：他們。
⑯心肝穎仔（sim-kuann-ínn-á）：心靈深處。

演出女主角綠蒂這个角色；為着劇中有一齣舞蹈表演，伊向佇公學校教體操、音樂的日本女老師佐伯操（小操）學「葵扇舞」，苦練了後演出非常成功。雨卿練舞彼段時間二个少年人早就暗中有意愛，毋拘他攏是閉思（害羞）的人，互相並無表白，所以雨卿就藉這擺答謝的機會送小操一件小禮物——蝶仔標本。這項送禮的描寫將雨卿對小操的愛寫甲真婧氣：

「佐伯先生。」雨卿喚住小操。

勉強擠出微笑的小操，努力深呼吸，轉過身來看著雨卿。

「我…帶了一個禮物來，要謝謝佐伯先生的指導。」雨卿一邊說，一邊從口袋拿出一個小紙盒，幾乎是有點顫抖的：「希望妳會喜歡。」

小紙盒躺在他伸展的手掌中。

小操伸手拿起紙盒，好像微微觸到了他的手掌心，溫熱而帶著汗氣。

一隻展翅的蝴蝶。

小操沒有看過這麼美麗的蝴蝶。

上方的純黑色翅膀帶著珠光，下方翅膀邊緣有凸起如蕾絲花邊的鮮紅線條、圈點，翅膀開展，如同正在飛舞，停憩在花朵上，下一秒就將飛離視線。

「我花了幾天的時間去捕捉採集，回來製成標本，想要送給妳，所以遲了幾天來向妳道謝。」

「是王先生自己捉的蝴蝶，自己做的標本嗎？」小操感到訝異。

「是的。製作標本是我的興趣，也是我的志向。」

「好美。」小操將紙盒拿近端詳，蝴蝶的觸鬚、身上的絨毛還保留著，像是隨時會飛起來一樣。

「這隻是雄蝶，」雨卿湊近小操，指給她看：「請看，這隻前翅端有點圓圓的，後翅外緣有波浪狀，也有尾狀突起，還有兩條翅脈通過。它的後翅內緣有輕微反捲，也有細長的黑色鱗毛。雌蝶，會比雄蝶大。」

做標本是雨卿一生上大的趣味佮⑰志業，也因為這項趣味佮志業，才有法度予伊突破散赤⑱的出身、對一名卑微的給仕（工友）透過認真、骨力⑲、老實、絕無放棄的研究精神，

⑰佮（kah）：及、和。
⑱散赤（sàn-tshiah）：貧窮。
⑲骨力（kut-la̍t）：勤奮。

得着老師牧氏的肯定、疼惜、提拔，對工友升做博物科研究室的助手、也靠著自學取着中學學歷的檢定資格，閣進一步通過文檢生理衛生科中學教員的資格，成做台南師範學校的老師。所以這个蝶仔標本的描寫，相當幼膩⑳傳神，予人會當體會雨卿有學者冷靜的理性觀察，嘛有藝術家熱切的感性投入。總--是，用這種生活化的小動作示愛，無高調的重筆，有輕聲細說的深情：「雙翼展開，親像當咧飛舞，停歇佇花蕊，下一秒鐘就欲飛出視線」；透過小操倚近的詳細「看」，「蝶仔的觸鬚、身軀的幼毛猶留咧，像隨時都會飛起來共款」，這種將二人的愛情已經行到準備起飛的心理描寫，敢毋是真高明的手路咧？

另外，雨卿也藉恩師牧氏的好友大國督的來批㉑，對「台灣螳螂」有按呢的描述：

本島人叫這種昆蟲為「草猴」……這種昆蟲真是迷人，它的上半身直立，靜靜地停在草叢，不動聲色。輕如輕紗的長翼，像是天主教女性披戴的頭紗，前臂伸向半空中，就像是對天主祈禱，整隻淡綠的螳螂，極為柔軟的頸部，頭可朝任何方向自由轉動，好像一直保持警醒，隨時等候天主的召喚。真是一種迷人的昆蟲。

將「草猴」薄羶絲的長翼比做天主教修女的頭紗，前臂伸向半空中比做向天主祈禱的手勢，頭會當向四方自由轉踅㉒，是保持傚醒，隨時聽候天主的召叫。這攏是真有詩味的描寫，將個人的心靈氣質佮所描寫的對象融做一體；所以講，讀慧恩的小說定定有一種讀詩的感覺，感覺佇伊字句當中慢慢仔綴這種詩的意味行，是一種享受。

紲落來㉓咱來看《亮光的起點》這本小說的主角王雨卿，伊是苦學出身，人蹛台南，是真單純的教冊先生，是安怎會當發展出遮爾仔多元的故事佮曠闊的視野咧？

這是慧恩真深入嘛真淺出的設計。深入，是因為伊寫博士論文的時，投入所有的心力去走揣日治時期佇文學、語言、藝術、思想、教育、社會問題、學術研究等方面真有代表性的人物佮事件，佇資料的搜集、分析佮論述的建立佮開展方面，攏做了相當疊實的工課，致使伊「腦」中庫存的資料有千無萬㉔，非常豐富，這，對欲寫日本時代的歷史小說當然有足

⑳幼膩（iù-jī）：細膩。
㉑批（phue）：信件。
㉒轉踅（tńg-séh）：迴轉。
㉓紲落來（suà--lóh-lâi）：接下來。
㉔有千無萬：指多得不可勝數。

大的幫贊；因為創作的材料隨時都會當對腦中的資料庫揣㉕--出來。淺出，是慧恩按照日常生活的步調，將佮王雨卿有實際來往的人物佇適當的時空自自然然出現、予事誌發生。

所以台南人王雨卿（一九〇七—一九三八）短短三十二冬的生命中，佮伊有接接㉖過的人，有代表性的人，就一个一个現身佇小說的章節裡。遮的章節的號名，猶原詩光閃閃：十章十个章名，每一个是二字詞合成（kap-tsiâ^{n}）的四字句。合起來看是「溯返・標本」「成長・螟蛉」「抽芽・蝸牛」「綻開・蝴蝶」「泅泳・紅蝦」「含蕾・蠹魚」「綴果・鳴蟬」「病葉・噪蛙」「櫻花・歸燕」「亮光・告別」。除了頭尾二章以外，賰--的八章，四字句的頭二字所指是類似「成住壞空」的生命流轉，大約不是動物就是植物帶有時間性的動作；後二字差不多攏是動物的名稱。按呢的結構正正暗示，小說內底所有的人、事、物，佇自然運行的節奏中，攏有他的位置佮意義，是好是穤（bāi）㉗，無法度勉強。

遮的現身佇小說內底的人，大約有七種類型，第一類是博物科學者，就是雨卿佮恩師牧茂市郎，猶有大國督等；他追求--的，是一種理性探討真相的科學精神。第二類是文化人士，有黃欣、胡丙申、胡南溟、辛西淮等，他推動設立台灣人的「台陽中學」，成立台南共勵會，投資大舞台推廣「文士劇」，成立共勵義塾；是佇日本殖民體制下，提升台灣文化教育的一群志士。第三類是雨卿的愛情，主角當然是伊佮佐伯操；表現異族婚姻的問題佮超越族群意識的真情。第四類是藝術家，有傳統彩繪佮西洋油彩畫的柳德裕，猶有長榮中學美術老師廖繼春、音樂教育家林澄藻；描寫行出傳統、迎向現代的藝術創作心靈。第五類是世界語的推動者，有杉本良、連溫卿、莊松林；開拓超越民族、超越信仰的人道主義、世界和平的新觀點、新視野。第六類是慈善事業家，主要是愛愛寮的施乾，順紲㉘介紹創立「人類之家」佮「稻江義塾」的稻垣藤兵衛；對社會上弱勢的人做實際的援助佮教育。第七類是民俗、民族學學者，主要是國分直一，猶有盲人郭主恩；對原住民文化、台灣民俗、盲人教育進行採集、研究佮落實。因為這七類人物，攏有他非常感動人的故事，故事背後也攏有他追求人生價值佮意義的理想性，同時也牽涉了日治時期台灣歷史的發展，所以這部小說歸尾已經毋但是王雨卿個人的故事，伊根本就是王雨卿佮伊彼个時代共同的故事，這，自然真容易發展成多元的故事佮曠闊的視野囉。

最後對這本小說的意義我猶有幾點仔想法。

㉕ 扲（jîm）：掏。
㉖ 接接（tsih-tsiap）：接觸、交往。
㉗ 穤（bái）：壞。
㉘ 順紲（sūn-suà）：順便。

一、異族婚姻的問題

王雨卿佮小操的婚姻，佇日本殖民台灣的大環境下面，有真明顯的國族情結，著算講最後因為小操的堅持佮爭取，二人完成婚禮，但是屬日人的女方家長猶原心不甘情不願，體制上也出現對雙人無道理的處罰；小操無外久就接着調職通知，將伊對市區的明治公學校，無任何理由，調去相當遠的安平公學校，而且猶是上低階的「教員心得」這个職位。小操理解，官方當然有伊無法度解說的理由，講破，是因為伊嫁予本島人，一个日本教員竟然會按呢做，是誠穤的示範，無處罰袂使得。

真緊，雨卿嘛被迫辭去台南師範學校的工作，轉去長老教中學專任。毋拘㉙伊袂當予小操知影，伊這呢拍拚，猶原無法度脫離二等公民的地位，所有的不平、怨恨、憤怒攏愛吞落腹。

這个無受祝福的婚姻，慧恩透過小操的夢境，猶有闊較深沈的悲慟。比如講為伊佮雨卿的婚事去麻豆偬兜㉚提親的林茂生，佇一九四七年二二八事件被掠㉛，生死未知，下落不明：

小操反覆作著一個夢。她夢見林茂生沾血的屍體被丟入了河中，濺起巨大水浪和巨響，接著往出海口流去。

然而雨卿取出牠的頭骨成為鳥骨標本一部分的魚類、深藏在研究室內的貝類、雨卿研究的紅蝦、有鱗無鱗、有鰭有蹼的泅泳哺乳類，逐漸齊聚游來，圍繞在面向下的屍體邊，以洄游，近似抬棺的方式，展演莊嚴送葬的隊伍，究竟該怎麼調整速度行進。

河上波光粼粼，夜光蟲也來作伴。

將規本小說內底佮王雨卿有關係的水中生物一一召集、成做林茂生受難屍體的送葬隊伍，這个夢境，予人特別艱苦。婚姻雙方的雨卿小操，準講有國族不平的怨嘆，但是您的分離主要是病症摧殘，並無人為的迫害；而這段婚姻的提親人，卻佇無國族問題的時空，予號稱共族的人屠殺！這本小說也用這个夢境做結尾，講：「大而圓的月亮掛在天際，慈祥而無言地看著滄桑世間。無論你閃躲何方，月亮總是注視著。／注視著。」

㉙ 毋拘（m̄-khu）：不過、但是。

㉚ 兜（tau）：家。

㉛ 掠（liàh）：抓。

慈祥的月娘金金咧看啥乜人？敢不是咧看想欲卸責任裝無辜的人？

二、壺的啟示

小說提起雨卿陪民俗學者國分直一做伙去拜訪盲人郭主恩，主恩去過東京讀冊，對盲人教育貢獻誠大。訪問當中主恩講人會當選擇欲做啥乜器具，淺盤仔、碗攏有怹的功能，但是主恩想欲做水壺，量較大，水較濟，有機會就會當奉獻予別人，倒予嘴焦㉜的人㉝。這予國分想起西拉雅人拜壺的風俗，佮主恩想做水壺的心願，意義竟然相通。因為壺喙夠闊，無崁蓋，對外口的世界開放，裝了清水，成做神靈附身的所在，對中心向外圍開放，外圍比中心的位階較高，這佮漢人一向中心高過外圍邊陲的想法倒反。而主恩家己成做器皿，向世界開放，向世界倒出倒袂焦㉞的家己，因為按呢才會當佮這個世界磕--着㉟，予睛盲㊱的伊「看著」這個世界，佮這个世界有親密的交流。這，表現出這本小說放低自我、成全世界的同時，也提升了家己、豐富了家己。

三、永遠的記持㊲

小說其實是佐伯操向伊領養的泰雅族後生佐伯晴輔講的。雨卿死後，伊的夫人小操戰後遣送轉去日本，伊最後一擺答應雨卿學生的邀請，欲轉來台灣聚會，知影家己已經有失智症的症頭，這，予伊意識着雨卿的人生絕對毋通予人袂記，閣較希望後生會當記牢，所以將雨卿的事誌全部講予晴輔聽。「設使有一工，我袂記矣，請你愛替我記咧。」慧恩用失智的病症，開破歷史人物若無人會記得伊，伊就無存在過，這就是這本小說無寫袂使得的理由。因為除了學者，絕大多數的台灣人已經毋知王雨卿這个人，人毋知，伊就若像毋捌存在過。慧恩的書寫，對捌㊳伊的人是莫予伊無存在，對毋捌伊的人，是予伊活--轉來，永遠成做台灣人珍貴的記持。

（本文作者為國立成功大學台灣文學系兼任教授）

㉜ 嘴焦（tshuì-ta）：口渴。
㉝ 啉（lim）：喝。
㉞ 焦（ta）：乾涸。
㉟ 磕--着（kha̍p--tio̍h）：遇見、接觸。
㊱ 睛盲（tshenn-mê）：失明、眼盲。
㊳ 捌（bat）：認識。

目錄

第一章

溯返・標本

佐伯操的人生到目前為止被切割成三份，如果加上早晚會到來的死亡，會變成四份。

廣島，她目前住的地方占去人生中的二十年，宮崎占去少少的數年，台灣占去將近三十年。但其中沒有一個地方可以稱為故鄉。廣島是她的兒子求學繼而任教的地方，她跟著兒子住而落腳此處。宮崎則是戰後從台灣被引揚回日本後，不得不回去，屬於父親的故鄉，但是他們無法久留，因為他們在台灣度過太久的時間，眾人已經忘了他們。

她多麼希望能稱台灣為故鄉，但這是不可能的，就算她嫁給台灣人為妻，人生最好的青春時光都在台灣度過，她不是台灣人，不會被視為台灣人，也無法成為台灣人。

當她想起台灣，想用溫暖的感情擁之入懷時，台灣好像沒有回抱她。這不是台灣的錯，也許是錯置，或者，迷惘。但她很欣喜，這麼幾年，台灣的學生，有的是她教過的學生，有的是她丈夫的學生，數次邀請她回到台灣訪問。每次回去，她體會到改變：好像不能和解，也不能對談，遙遙相對的改變。她開始理解到，自己生活的記憶一去不復返，不能回首，也不容追究。而未來，既看不到盡頭，也見不到任何提示。

直到她發現自己的異狀，上醫院去求診，醫生才告訴她，專屬於她大腦顳葉的祕密。

醫生說，她的腦即將留不住任何東西。

那種現象也許是網目過疏的網，攔不住漂流的東西，只剩下自己，也許到最後，連自己都會被網目篩成碎片，拼湊不起來。

就在此刻，舊時的學生捎來訊息，想邀請她回台灣參加五十週年的同學會。五十年。此生肯定不會再遇到另一個五十年了。

佐伯操欣然答應前往，並在出發的前一晚，要兒子佐伯晴輔一定要撥空回來吃晚飯。

佐伯晴輔升上中學時，她便直接告訴他，他並不是自己親生兒子的事實。佐伯晴輔並不訝異，因為自己與母親同姓，從未見過父親，因此他隱約明白自己一時難以說明的身世。然而佐伯操只說了這件事，其餘的並未交代。兒子也照常生活，兩人的互動、感情似乎未起變化。只是佐伯操偶爾被佐伯晴輔專注的神情觸動。那種投入的眼神、專注的表情，還真是酷似記憶裡的人，但是他們絕無任何關係。

還是，這幾年來，他從未稍離，並跟著他們漂洋渡海回來了？

講究科學的他，一定會正色告訴她，所有的事情都必須有證據……

但這次，她掌握了明確的證據。她即將忘記所有，也許會變成另一個人。

就算住在同一間房裡，佐伯晴輔除了早飯時間遇到母親，甚少與母親有互動。他結過婚，沒幾年就和妻子離婚，沒有子嗣。他整天只在大學研究室、家裡的書房間移動，生活單純，唯一的興趣便是閱讀、研究。

說是孤單，其實也還好，家裡人口簡單，沒有什麼親戚往來。母親一直在學校當教員，母子倆的關係說不上親近，也不能算疏遠。他們可以分享生活上的事情，例如母親在生日時為他煮紅豆飯，為他刷洗打棒球時沾上泥土的布鞋，但母親仍無法提供許多問題的解答。

例如他為何有一張和其他人比較起來，特別不同的臉。他的眼睛深邃圓大，睫毛密長，皮膚不需打棒球時烈日的曝曬，就是黝黑的。母親的皮膚也較一般人黑，這似乎較令人釋懷，可是他的五官像是用刀刻出來的，深刻、立體。他很羨慕一般同學扁平的五官，尤其是毫無起伏，睜開就是細長雙眼的單眼皮。

當他邁入青春期，發現腋毛、陰毛開始竄頭生長，腿毛濃密，在同學之間，他像是穿上衣服混入學校的某種多毛動物。他沒有問過母親，他的長相為何這麼特別。

某個早晨，他夢見許多綴著乳頭的渾圓乳房，驚醒過來，腿間一片濕滑。悄悄溜到後院去，自己打水洗褲子，搓洗之際，發現母親神色複雜地站在門後。

此後，睡覺前，母親總在他的被褥邊放上一件疊好的乾淨褲子。

毋需言語，也談不上默契，生活，只是這樣如實進行。

吃完晚飯，佐伯操要佐伯晴輔到她的臥房來。

佐伯晴輔很少進到母親的房間，踏進去後，他聞到母親慣用的髮油氣味。

佐伯操跪坐在榻榻米上，接著像是準備許久一樣，小心把一個紙盒從桌上拿起來，遞給佐伯晴輔，示意他打開。

佐伯晴輔打開紙盒，是一隻色彩斑斕的蝴蝶標本。

「明天，我將要啟程到台灣去參加我教過的學生召開的同學會。我要藉著今天的機會，跟你說有關於你父親的故事。」佐伯操聲音平靜。

「我和你外公外婆，都在台灣生活了非常多年。我離開台灣的那年，三十歲。在這之間，除了四年的時間，我回到東京讀書，除此之外，我都在台灣的台南度過我的人生。」

「你手上的這隻蝴蝶標本，是你父親親手做給我的禮物。他是個博物學家，雖然你沒有來得及見過他一面，但我希望你能知道他的人生。」

佐伯操順了順膝邊的衣服線條：「許久之前，你的父親都喚我小操。」

第二章

成長・螟蛉

昨晚下過綿綿細雨，清晨空氣中雖有寒涼的水氣，卻透著冬日晴朗的日光，雨卿喜歡這樣的感覺。

看樣子，又是個勞動時鹹汗直流，但是灌下清冽的泉水，站在榕樹下伸展身體，也能感受到涼風吹拂的天氣。

阿母一早便到附近的大戶人家收拾需要洗滌的髒衣服，現在在後院洗，時時傳來搗衣的聲音。阿爸出去做工，桌上留了一碗蕃薯籤與一點菜脯。雨卿把碗裡的簡單食物吃完，也出門上工。

雨卿六歲時被阿爸阿母收養，但是生活如在原生家庭一樣困難，只是從一戶貧困的人家轉換到另一個貧戶繼續生活而已。儘管如此，這對養父母不論生活多辛苦，始終咬著牙，堅守與雨卿親生父母的約定：無論如何都要讓他讀書，因此雨卿得以完成公學校的學業。

公學校畢業後，雨卿在師範學校的台南分校找到當給仕①的工作，雨卿很滿足於有一份穩定的工作，尤其工作地點離家住的關帝港街不遠。事實上，學校就設在赤嵌樓裡面。

明治二十八年（一八九五），因為甲午戰爭中國戰敗，中日簽訂馬關條約，註明台灣割讓給日本，日本面對台灣這塊新取得的殖民地，在政治、經濟、教育各方面有了擘畫與想像。許多日本國內的知識分子，也亟欲尋找自己的舞台，開始將眼光投注於這塊殖民地，發表自己專業領域的觀點、看法。

就教育層面來說，來自長野縣，曾留學過美國的伊澤修二，儘管尚未踏上台灣的土地，已在日本本地發表了他的〈台灣教育意見書〉，認為應該要從基礎教育著手來推行日語。後來，伊澤修二成為首任的台灣總督府學務長，在明治二十九年（一八九六）創設了國語傳習所與國語學校，試圖藉由日語全面推動新式教育。三年後，總督府發布《台灣公學校令》，想以地方經費來開辦公學校，取代國語傳習所。由於直接在日本國內招募教師來台不易，也為因應公學校增加的師資需求，總督府決定培養台灣人出身的師資。

這個構想以台灣的地方行政區劃分為台北、台中、台南三縣及宜蘭、台東、澎湖三廳，比照日本本地一縣設一所師範學校的方式進行，用來培育台灣本地的教師。

匆促之間，台南地區的師範學校無法立刻尋到校地，幾番調查下，鎖定了在水仔尾的三山國王廟，廟後正好有堪用的潮汕會館。

潮汕會館是日本人還沒來之前，潮州人為了往來唐山方便，在信仰中心的三山國王廟後蓋的，順便也買了幾間店屋出租，租金就用來作為廟宇的祭祀之用。然而因為戰亂，會館

①給仕即為日治時期學校中的工友。

荒廢，產權也不清楚，日本遂強徵作為台灣總督府師範學校台南分校的用地。

但是，日本治台初期，師範學校招生不易，這所學校的運作並不順利，最後仍難逃廢校的命運，直到十多年後，才再次於赤崁樓重新招生，這時候，願意就讀師範學校的學生已經漸漸增多，學校運作逐漸步上軌道。

雨卿便是在赤崁樓的校區擔任給仕。

每天早晨，雨卿必須走到兩條街以外的地方去挑水，將樓後的大水缸填滿，然後打掃學校的環境。落葉，要掃乾淨，上課教室的木樓梯要一階一階地以抹布沾清水擦乾淨，教授的桌子就算是油漆斑落，也要擦到摸起來光潔無塵。接著，在教室外的空地拿炭和掃起來的乾落葉生火，煮上熱水，供教授泡茶用。

當然，準備午飯給教授吃，也是他的工作。

雨卿瘦小的身體在充當為教室的廂房邊忙來忙去，剛剛在赤崁樓復校的師範學校，目前只有他一個給仕，雜事頗多，但是雨卿學習快，手腳勤，每件志保田主任交代的事情都辦得很好。

台南分校最大的長官是主任志保田鉎吉，雨卿從未見過校長本人。出身京都的志保田，本來是台南高等女學校的校長，長得濃眉大眼，做事非常嚴謹，每天早上從二樓的辦公室走下來時，一邊走，一邊將袖子貼抹在樓梯把手上，走到一樓時，抬起袖子看看是否沾上了灰塵。他從未在自己的袖子上看過任何汙跡，他只微微頷首，臉上沒有任何表情。

志保田管理學生非常嚴格，學生對他又畏又怕。聽說，他從東京高等師範學校畢業後，曾經在沖繩的師範學校教書，後來來到台灣，曾在國語學校擔任教諭②。上課期間，志保田總是穿著筆挺的西裝在校內巡視，下課之後，則會換上悠閒的羽織，搖著扇子，在附近散步。

不久，學校更名為台灣總督府台南師範學校，志保田升任為校長。

這日早晨，志保田走下樓巡視，喚住了正在圍牆邊生火的雨卿：「今天有一位教諭會到任，中午的午膳，去買橘子來招待吧。」

「是。」趕忙站直身體的雨卿有禮地回答道。

冬天是橘子盛產的時節，雨卿上市場去，看到黃澄澄且圓滾滾的海梨仔③，挑了幾顆特

---

② 教諭即是現今老師的職等。
③ 海梨仔，台灣柑橘的一種，皮薄味甜，每年十二月至三月是盛產期。

別大的。

吃飯時刻，雨卿將午膳排列好，置於桌上，恭敬站在角落，隨後看到志保田校長與一個陌生的男性一同走進來。

「這是牧茂市郎教諭。」校長向已經就坐的教師們介紹：「牧教諭出身愛媛，是從台北國語學校轉任過來的，專長是研究蛇類。相信他的到來，將會為我們的台南師範學校培養出很多學有專精的傑出學生。」

校長的聲音宏亮，鏗鏘有力，相形之下，削瘦的牧先生④，聲音溫和許多：「感謝校長給我機會，讓我能到陽光這麼明亮，天氣這麼好的地方，與大家聚首。還請各位多多指教。」

大家就座，準備用餐。當牧先生的眼光移到桌上的澄黃海梨仔，他微微笑，拿起來仔細翻看。

角落的雨卿悄悄望著遠處的牧先生。

「牧教諭的故鄉是愛媛，愛媛的名產就是甌柑吧？我特地要給仕去買台灣的橘子來，讓牧教諭嘗嘗看，滋味有沒有不同。」志保田的聲音歡快，隱含得意。

牧先生將大拇指插入果皮中，海梨仔噴出了汁液，眾人一陣驚呼，他大笑：「看來，這柑橘真的很好吃！」

一邊剝皮，他一邊說：「這品種，皮比較薄，果汁可是很豐盈的，熱帶的水果，就是不一樣。我很久沒吃到柑橘了。」

雨卿看到牧先生的笑臉，心裡也跟著歡喜起來。

牧先生將橘瓣放到嘴裡，一臉滿足的表情，接著望向角落的雨卿，彷彿知道便是他買來橘子的，向他點頭致謝。

那剎那，雨卿心裡閃過一陣暖意。

隨著日本政府在台灣的統治狀況逐漸穩定，過去一般台灣民眾習慣的書院教育，因為新式教育的施行越加式微，以就讀師範學校或是國語學校作為升學目標的台灣本島人數越來越多，台南師範學校暫宿於赤嵌樓的校舍已經不敷使用，需要另覓新的校舍用地。

大正十一年（一九二二），位於桶盤淺（今台南市樹林街）的新校舍落成啟用，校址遷移該處，在學制上，取消了四年制本科，改設五年制普通科，另外增設一年制的演習科。

---

④ 日治時期尊稱老師、醫生之類的專業人士為「先生」，在本著中也沿用這樣的說法。

雨卿也隨著新校舍，轉移了工作地點。

到了新校舍工作的雨卿，因為一向勤奮，反應又快，很得牧先生欣賞，他向校長申請，讓雨卿在博物科研究室當管理員，雨卿的工作內容從打雜，變成幫牧先生整理標本、編目、寫講義。

早上出發去學校工作，變成雨卿最快樂的時間，他覺得牧先生那一室栩栩如生的動植物標本，也許都在等待他們離開的那一刻。門關上的那一刻，萬物重新活過來，他們只是短暫凍結在瓶瓶罐罐裡而已。

因為朝夕相處，雨卿漸漸認識牧茂市郎的過去。牧先生畢業於廣島高等師範學校，來到台灣後，最初任職於農業試驗場，後來轉往昆蟲部，也曾在林業試驗場工作，因此他對於動植物都很有興趣。然而，當牧先生講起過往的工作經歷，以及調任到台北國語學校時，雨卿覺得他的臉上有著若有似無的惆悵，不過礙於身分，雨卿從來沒有多問其他的問題。

牧先生非常珍惜他研究室內的標本，其中絕大多數，是他自己採集活體，自行製成標本的。不僅如此，牧先生也勤於發表論文，將自己觀察的動物作系統性的彙整，以嚴謹的學術態度分析數據、記錄。

整間牧先生的研究室，是雨卿的樂園，櫥櫃裡藏有他上課的教材，也有新收藏、採集的標本，以及從日本內地寄來的生物學期刊，或是新購的書籍，牧先生允許他自由取閱他有興趣的資料。雨卿覺得沒有一個地方比這裡更讓他感到滿足。

牧先生上課時，雨卿喜歡站在教室外聆聽。對蛇類很有研究的牧先生提到，西方人已經正式對台灣蛇類和其他動物開啟研究，在淡水任職的英國人ロバート・スウィンホー（Robert Swinhoe）⑤，已經在台灣採集了許多標本，除了自己命名發表外，也送回英國的大英博物館要求協助鑑定標本，進行學術論文發表，在許多台灣動物的學名裡鑄下了他們的名字。

「世界是一座博物館，我們都是參觀者，但是誰最先發現新物種，就能以自己的名字命名，這不是很有趣嗎？」牧先生眼睛閃閃發光。

牧先生也提到，日本人來台灣後，已有許多研究者投身研究台灣的動植物，像是出身

---

⑤ Robert Swinhoe（1836-1877），中文名為郇和，英國駐台的首任領事。主要居住在淡水、台南和高雄，傾全力採集和觀察台灣的物種。由他命名或因他有系統地採集而發表的物種名錄，共有二百二十七種鳥類、四十種哺乳動物、二百四十六種植物、二百多種陸生蝸牛與淡水貝類、四百多種昆蟲，以及一些兩棲爬蟲類、魚類、無脊椎動物等，是台灣自然史拓荒時期的重要學者。

於札幌的大島正滿⑥，已經發表了不少關於台灣蛇類的報告和書籍，雨卿在研究室內已經讀過這些資料。

雨卿利用工作閒暇時間一點一滴閱讀研究室內的書，後來牧先生得知，雨卿興趣正濃時，顧不得午餐沒吃，只想坐在研究室裡飢渴地吸收知識，便告訴雨卿，可以將書籍帶回家去讀，記得還回來就好。

此後，雨卿的腦子裡，鎮日環繞著各種昆蟲的外型、動物的骨骼結構，對於動物到了癡迷的程度。

牧先生的課程，他比一般學生更加用心上課、作筆記，他模仿牧先生在黑板上畫的各式圖樣，以細膩的線條，讓一隻又一隻的昆蟲活靈活現，似乎就停留在筆記的紙面上。

有幾次，牧先生不經意瞥見雨卿筆下整齊、幼細的，像是活版印刷的字跡，或是望著雨卿專注在紙面繪出昆蟲翅膀、口器的神情，常若有所思地坐回椅子上，繼續喝茶。

有假期的時候，牧先生便穿著米色的衣服，揹著大布包外出，有時連著好幾日都沒返家，回來時總是全身泥土雜草，神情疲憊不堪，但是，兩眼仍然炯炯有神，無比雀躍。返回研究室後，他從不休息，反倒立刻把袋內的動物、昆蟲、植物取出，著手製作標本。

為了協助牧先生，也為了學得製作標本的技術，雨卿在他外出後，通常不會回家，就住在研究室內，以便他返回時，能馬上幫忙處理標本。

天氣炎熱時，牧先生能捕捉到比較多種昆蟲、蛇類，然而這些動物屍體腐化的速度也快，必須掌握時間，將捕獲的動物以最快速度送回研究室。冬令時節，雖然物種並不是那麼多，但是能自由瀏覽、欣賞的時間比較寬裕。

牧先生教導他，可以將昆蟲整隻風乾直接製作成標本，若是質地柔軟的蛹、卵等等的，就能直接浸漬於保存液中製為標本，保存於玻片中的標本，多半是微小的昆蟲，如蚜蟲、跳蚤、虱子之類的，當然也可以把較大的昆蟲局部保存下來，製成玻片標本或者切片成為標本。

昆蟲標本的製作需要細緻的手路、精密的巧思，牧先生需趁著昆蟲還未僵硬時，將已經準備好，他親自削磨成長短不一，有粗有細的大小竹籤，把頭、腳、翅、觸角擺成自然伸展的狀態，然後靜置風乾。他持著或尖或扁的鑷子，小心翼翼地處理昆蟲標本，有時，因為行程擱延，昆蟲的屍體已經僵硬，他便在研究室內燒起一小杯水，等沸點一到，將昆蟲夾

⑥ 大島正滿（1884-1965），札幌人，東京帝國大學理科畢業，是日本研究台灣白蟻、蛇類及魚類的知名動物學學者。他不但對於台灣淡水魚類發現與分類都極有貢獻，也是台灣獨特魚種櫻花鉤吻鮭的發現者、命名者，被喻為台灣淡水魚之父。

起，置於騰起的水蒸氣中慢慢軟化。牧先生製作標本時緊鎖眉頭，不發一語，因稍有不慎，便可能浪費掉一隻辛苦捕獲的昆蟲。

整個下午，雨卿在一旁屏氣凝神觀看著牧先生製作標本，連大氣都不敢喘一下，空氣彷彿是凝滯的。等到牧先生把固定於細針空隙之間的昆蟲，端正地放在桌上，拿起一旁的手巾擦拭自己額頭的汗，一種喜悅和放鬆才開始在空氣中流動，雨卿趕忙端來茶水，讓他休息一下。

望著牧先生啜飲茶水，雨卿鼓起勇氣向他說：「下次，先生外出時，請問我可以跟著幫忙嗎？」

牧先生臉龐的線條柔和起來，偏著頭想了想，微笑，點了點頭。

「最近，我想做一些蝸牛的研究，不然，你就來幫我吧。」

天色才現出魚肚白，草葉上尚有露珠，還有顏色絢麗的蜘蛛正從這端的葉子出發，慢慢來回，在兩端葉片上吐絲織網。

牧先生走得極快，手上的鐮刀不停地隨著身形的移動，往前砍出一條僅可通行一人的小路，雨卿盡可能跟上他的腳步，他好像承接著牧先生呼出的微熱氣息，腳部感覺到地形的坡度，肺部也奮力呼吸著清晨清涼的空氣。

牧先生的呼吸聲越來越喘急，腳步卻沒有慢下來，兩旁的雜草都比他們還要高，行走時，腳踩著雜草前進，發出了擠壓的聲音，身邊有草拂過，有摩擦的聲音，四周皆是起起落落的聲音。世界的本質是寂靜的，這些聲音，是活著的聲音。

世界彷彿只剩下牧先生跟雨卿，只剩下這兩個人，而他們，正往大地的心臟走去，大地對他們伸出了碧草之臂，要將他們納入懷抱裡。

牧先生帶雨卿走出了草叢，進到一片樹林。

樹木極高，葉子在高處交織成蔭，他們站在穿過樹林葉縫間隙而落下，微微的日光裡。樹林的根部和山坡上長滿了蕨類，落下的葉子就著周遭的濕度與溫度混成了腳下柔軟易滑的腐植質。

牧先生叫他喝水，補充一點水分。

「スゥィンホ〜定義了台灣最大的蝸牛，那種蝸牛，你知道嗎？」牧先生張開手掌比畫著：「大概有這麼大，身體有很漂亮的網狀花紋，你想，殼這麼大會很重吧！結果因為殼的體積大，反而殼質比較輕薄，這樣才可能爬到比較高的地方去。」

雨卿著迷地聽著，他想像，有花紋的軟質身體，從螺旋狀的殼伸展出來，在陽光的照射下閃閃發亮，該是一種多美的景象。

「但是不要因為他找到了那麼迷人的蝸牛，以為研究就到底了。其實，台灣多的是小型的，有特殊殼型的蝸牛，把牠找出來，觀察牠，定義牠，新發現一種種類，就是屬於你的新發現！」

牧先生帶雨卿觀察潮濕柔軟的地面，輕輕撥開長著苔蘚的石縫邊，教他辨識什麼是排水良好，帶有濕度的環境，那是蝸牛最喜愛的生活條件。

剛開始，雨卿沒看到什麼蝸牛，然而牧先生眼光來回巡視，一眼就看到了融入自然條件當中的蝸牛，輕輕地把牠拿下來，看著牠的腹足縮進殼內——先是身體縮進去，最後才是靈巧可愛的觸角。

雨卿第一眼就愛上了這個可愛的小東西，有殼可以遮蔽，身體是那麼地柔軟。牧先生繼續介紹這種生物，包括牠有大小長短不一的殼，閉板、生殖器官也有所不同。雨卿一字不漏地記下來，他覺得自己的世界，開了一個縫，透出了光。

接下來的時間，他幫牧先生背沉重的背袋，在他忙著檢視觀察對象時，記下特徵敘述，或者用乾淨的棉麻布，把洗淨的標本包起來、編號，放入袋中。

牧先生剛開始不是很放心他寫的紀錄，於是一邊忙碌，一邊檢查他的紀錄，但是後來發現，雨卿記錄得又快又正確，字也工整漂亮，不需要他特別提醒，便能自動記下他採集的地點與時間，讓他非常欣慰。

後來，牧先生常常帶著雨卿外出採集標本，觀察生物，漸漸地，雨卿也找到了自己想要研究的重點，能夠獨立成行，帶回研究的標本。

他喜歡登山，喜歡獨自一個人帶著些許的米跟曬乾的高麗菜干、小鍋、帆布帳棚上山去面對大自然，背袋裡裝著牧先生借他的珍貴論文，走到疲累了的時候，坐下休息，就著日光閱讀。

有時，飛鳥從頭頂上飛過去，風吹過來，聽見樹葉搖曳的聲音，那是一種被撫慰的感覺。

雨卿後來著迷於一種殼的形狀像紡錘的蝸牛，不像一般蝸牛的殼是圓的，這種蝸牛的殼尖尖長長的，殼的內口外唇緣邊，有一個弧度優美的突齒，「像是校長抽的煙管啊！」他微笑地想著。

這些像煙管的蝸牛，殼的顏色泛著咖啡褐色的紫光，是一種難以言喻的顏色。雨卿小心地撿起牠們，像是紡錘的殼，中央渾厚，尖端漸趨於細，起伏的線條，手感飽滿而豐潤。

回到研究室後的雨卿，學牧先生一樣，拿起厚紙板，在光滑的紙面寫下這隻蝸牛的記述，後來這種蝸牛，就被命名為「王氏煙管蝸牛」。

牧先生不僅將雨卿當成自己的學生來教導，更像是自己的孩子，從內地、台北寄來的資料、刊物，都讓雨卿一睹為快，也因為這樣，雨卿發現，牧先生每趟出門採集，並非只是單純踏遊、記錄而已，事實上，牧先生將紀錄資料帶回來後，遍查各種資料，做科學的分析、研究，課餘時間，他常埋首伏案，撰寫研究報告。

幫忙找資料，大量閱讀相關資料之後，雨卿驚異地發現，眼前的這位牧先生，是一個如此熱衷發掘新物種的博物學家。

大正七年（一九一八），牧先生最先在鹿港採集到台灣特有種的招潮蟹，大正十一年（一九二二）更在阿里山首次發現台灣特產的山椒魚（サンショウウォ），命名為Hynobius formosanus，將formosa冠入命名之中，加上拉丁文的「屬於」anus，把這種身長有尾，且有四肢，皮膚表面有特殊山椒的刺激性味道的兩棲類動物，與台灣的名字連結在一起。

不僅如此，雨卿也發現，牧先生不但對動物有研究，對於植物也有熱愛，尤其對於樹木的病蟲害著力甚深。雨卿讀過他發表於《林業試驗場特別報告》第一號文章，以非常長的篇幅討論行道樹與觀賞植物的害蟲問題，他也對蛀蝕房屋的白蟻、妨礙蔬菜生長的蚜蟲、減少柑橘收成的果蠅進行研究，分別著有論文闡述研究成果。

所以，牧先生擔任的「博物學」科，指的是廣義的自然科學，分別有動物學、植物學、礦物學等專門知識，是對於自然物進行蒐集及分類的學問，以他的學識而言，當之無愧。

只是牧先生從來不提，為何他從農事試驗場、林業試驗場一路轉往國語學校，最後到台南師範學校任教。從台北轉到台南來，難道只是為了更方便採集標本而已嗎？

雨卿抬頭望向牧先生的書櫃，整齊劃一的書籍、資料按照他的習慣歸類、擺置，然而右側有一本小書，比其他的書冊短小許多，因為翻閱的手感造成微微開掀，與其他書本略顯不同。

雨卿想起牧先生外出時，常把這本書帶在身邊。

雖然採集標本時，並不需要多與他人交談，但是牧先生喜歡在路途中跟遇到的台灣人用他不標準的台語聊上兩句，因此這本《林業應用日台語集》，變成他翻閱、學習台語的重要用書。

「汝要搭到何位」（汝ハ処何迄御乗リデスカ）

「要到八芝蘭」（士林迄行キマス）

「要創何大事」（御用向ハ何デ御座イマスカ）
「要去園藝試驗場」（園藝試驗場ヘ行キマス）
「彼內面是植何貨」（其內ニ何ガ植エラレテアリマスカ）
「柑仔嘮、芎蕉嘮、桃仔嘮、」（蜜柑トカ、芎蕉トカ、桃トカ、）
「尚有的我不識」（未タ他ニ多クアリマスケレモ能ク知リマセヌ）
「何時要返來」（何時オ帰リニナリマスカ）
「要搭尾幫車返來」（終列車デ帰ル積リデス）

牧先生常利用這段書中的對話，只是將地名、植物名變換成其他的名詞，尤其舉例柑仔、芎蕉、桃仔的部分，後面加上了語助詞「嘮」（ラア），牧先生學起來後，常常將它加在字後，形成「蝦仔啦」、「魚仔啦」之類的隨意口語，聽起來很有親切感。這本書裡面的用字標上片假名，注出台語發音，句子後面附上日語的意譯，便於學習者學習台語，遇到不會的台語用字，牧先生請雨卿教他，他再記錄在書冊裡。

也是一次偶然的機會，牧先生問雨卿，一般台灣小孩子拿著去黏蝇蛕螬⑦（蟬）的竹竿台語怎麼說時，他提到了這本《林業應用日台語集》。

「這本書，是我在農事試驗場時認識的一個台灣人，叫做林學周編寫的。他長著圓圓的臉，待人很客氣，我還小他兩歲。」牧先生接過雨卿倒的茶水，喝了一口。

「我們需要會日文跟台語的人，來幫我們把一些農林業的專有名詞整理出來，也需要有人教我們基本的對話，否則我們要在台灣這塊土地上做採集，不靠本島人的幫忙，也是很難的。」

「說真的，林學周真的是好頭腦的人，雖然只讀過大稻埕公學校，可是做起事來又快又好。我來台灣後，首先先做台灣昆蟲名稱的調查，之後做了竹筍害蟲的研究，他幫忙很多。所以我把他的名字一起並列為論文的寫作人。這在自以為優越的日本人來說，是從來沒有見過的事，可是我很堅持。我也努力讓他從臨時雇員成為正式雇員，薪水也增加。」

牧先生的臉色出現一抹寂寥：「有努力的人就該有回報，不能因為他的出身，就抹滅一切。」他敲了敲桌面，發出沉重的聲響。

把寡言的牧先生說過的話，前後連貫起來，一些事實便能拼湊出來。

明治四十四年（一九一一），他剛從廣島師範學校畢業，就來到台灣，在農業試驗場

⑦ 蝻蛹蟾（am-pô-siâm），蟬。

或是林業試驗場的表現都極為優秀，發表過許多篇有關樹木害蟲的論文，但是隸屬於台灣總督府民政部殖產局下的農林單位，多由札幌農學校出身的研究者把持，也不乏知名學府的研究者，如先後兩次來台灣調查樟樹害蟲的知名學者佐佐木忠次郎⑧，便是東京大學培養出來的學者。

十九世紀初，日本本土的博物學教育，基本上分為兩大系統。東京醫學校、東京帝國大學醫學部，聘任的是當時歐洲以實驗科學著稱的「德國學派」學者，教授博物學或動植物學。另一派「美國學派」，則源自畢業於美國麻州農科大學的克拉克博士，他受聘到北海道的札幌農學校，教授植物學、農學及化學。相較於東京醫學校採行德國式的嚴格教育，札幌農學校因為美國學者的加入，充滿開拓精神，兩者學風極為不同，許多位渡海來台，從事博物學的研究者，均來自札幌農學校。

「農事試驗場昆蟲部的部長素木得一、技師崛健，來自札幌農學校，發表〈糖業改良意見書〉的新渡戶稻造，也是札幌農學校畢業的，還牽成他的堂弟新渡戶稻雄，也來到台灣，我們曾一起研究害蟲。」

相較之下，牧先生出身師範學校的經歷並不出色，無論產出多少豐碩的研究成果，始終無法升到高等官，因此牧先生轉到台北國語學校任教，繼而來到台南師範學校。

「努力當然是必要的，要讓自己一直進步，一直往前走。」牧先生勉勵雨卿：「以你的家庭狀況，雖然到內地去求學不太可能，可是你可以自學，自己通過檢定考試。自己的未來，可以自己創造。」

牧先生的鼓勵，讓雨卿的人生打開一扇透氣、明亮的窗。

研讀、準備考試的過程，雨卿從來不覺得苦，他相信那只是一段上坡的過程，就像他自己前往野外採集、觀察時，攀坡、開路一樣，他知道，只要自己撐過去，就將柳暗花明。

透過牧先生的教導、自己的苦讀，只有公學校學歷的雨卿，後來通過「實業學校卒業程度檢定試驗」，取得等同中學校畢業的學歷。

其後，雨卿也順利考取台灣公學校乙種本科正教員的資格。

一天下午，走進研究室的牧先生手上拿著一份文件，遞給雨卿。

「你已經有中學校的同等學歷了，再來，如果想要走出自己的路，應該試一試這個『文檢』的考試！」

「文檢？」

⑧佐佐木忠次郎（1857-1938），明治、大正、昭和時期的昆蟲學者，也是近代養蠶學、製絲技術的開拓者。

這是什麼？文件的封面上有很長的名稱：「文部省師範学校中学校高等女学校教員検定試験」。

「這是讓有志要當教員，但不是出身師範學校的人，可以參加的一種檢定考試，如果通過了，可以取得中等學校的教員資格。」牧先生說。

「也就是說，我如果通過了，就可以在學校擔任先生，而不只是博物室的管理員而已嗎？」雨卿在心裡低語，胸臆裡有個正在沸騰的熱源。

「可是，這個考試非常困難，如果你要考，得好好用功啊！」牧先生走到自己的桌邊，一邊坐下來，一邊對雨卿說。

這項考試，每年舉行一次，不僅是台灣人面對這場考試時感到異常艱難，就算是日本人也視為「難關」，在考上之前，多數都經歷過數次落榜，根據統計，這項考試的及格率不到十分之一。然而，雨卿決定要參加這場考試，勇敢接受這項挑戰，他期待有朝一日，他能當一個像牧先生這樣的教授。

雨卿泰半時間在博物室裡讀書，有些考試用的指定教科書，他之前已經跟著牧先生讀過，例如飯島魁的《動物學概要》、谷津直秀的《動物分類表》、飯塚啟的《動物發生學》、丘淺次郎的《進化論講話》等等的這些書籍，變成了他生活中重要的部分，有不懂的部分，就請教牧先生，他的勤奮和認真，深深感動了牧先生，他非常有耐心地教導他，連帶地把自家的書籍也帶來給雨卿閱讀，甚至從日本訂購《教育學術界》、《文檢世界》等等相關消息的書籍給他閱讀、練習。

三月的報名時間一過，很快到了預備出發到內地考試的時候，可是雨卿很擔憂。博物科的「文檢」考試，分成五月的預備試驗和七月的本試，預試要通過才能繼續考主試。一般而言，內地人是在自己所居在的地方先參加預試，等通過後才上京考主試，但是雨卿是台灣人，台灣並沒有舉行這樣的考試，因此兩次的考試都得在日本進行。等待預試結果要一個月，本試也得考三天，雨卿勢必得待在日本。生活費、交通費加上船票，是一筆很大的金額，他的薪水無法負擔。上一次前往東京考中學校檢定考試的費用，是靠著阿母向左鄰右舍東借西湊來的，這一次，無論如何，都無法開口向阿母提起這件事。

儘管心情不定，雨卿仍然勉強自己將注意力投注於研讀，讓自己不要分心去想其他的事情。

這天凌晨，一晚沒回去，待在博物室讀書的雨卿，聽見外面有奇怪的聲音，打開門才看到，行前說要在野外待個五六天的牧先生，忽然回來了，神色疲憊，把手上的布袋遞給他：「幫我做這隻標本吧！」

雨卿小心翼翼打開有點重量的布袋，裡面是一條橘褐色，蜷成球型的蛇，他抓住蛇頭，技巧性地解開像是複雜繩結的蛇體，蛇身結實有力，長度大概是十二吋長。

一般來說，這種蛇的顏色是黃褐色的，但是這條偏向橘紅，看來牧先生是經過挑選、追蹤，決定要抓這條蛇做標本。

這種蛇身體左右側比較扁，因此腹部的地方面積比較小，製作標本並不容易，但是雨卿已經是製作標本的好手，手法熟練俐落，他做出來的標本，總是栩栩如生，而且防腐徹底，不會有腐壞的問題，已經有幾次，牧先生在採集返回研究室後，自己逕自休息，安心把東西交給他製作標本。

一種被信任，被期許的喜悅頓時充滿了雨卿的心裡，他撫摸著這條鱗片泛著亮光的小蛇，探了探蛇的尾端生殖器，蛇尾有力地纏繞在他的手腕上，他探知到這是一條公蛇，開始著手準備器具製作標本。

盛好福馬林、酒精，他注射ニテル（乙醚）使蛇昏迷，再以鋒利的解剖刀割開蛇肚，掏出內臟，以剪刀剪除血管及周遭組織，然後以酒精洗淨內腔。

接著，他拿出針筒，儲滿福馬林，小心翼翼地注射進入蛇頭，然後一段一段，分段將福馬林打入蛇身，再把乾淨、浸滿福馬林的棉花塞入內腔，取細棉線穿針，非常仔細地把蛇的肚子縫合。

把蛇身放在桌上，以小刷子蘸著福馬林，緩慢、仔細刷遍蛇身，然後，雨卿來來回回巡視蛇身，調整角度，把蛇擺成生動的模樣，也就是蛇看到了獵物準備伺機而動的姿勢，接下來，這條蛇將這樣靜置一段時間。

牧先生在一旁觀看著雨卿的動作，他的動作謹慎，每個步驟熟練又細心。

「接著要怎麼做呢？」牧先生問。

「已經刷上了福馬林，靜置，讓蛇的表面風乾，然後再將牠以白色細線稍加固定，浸入裝著福馬林的罐子，接下來牠還會斷斷續續滲出一些組織液，所以只要福馬林溶液變色，就更換，直到福馬林不再變色，就可以正式裝入標本罐，然後封蠟密存。」

牧先生一邊聽，一邊點頭，繼續問：「你知道這是什麼蛇嗎？要不要說說看？」

雨卿靦腆笑著，望向那條在桌上的蛇說：「我想，這應該是Pareas formosensis，鈍頭蛇，牠的頭部呈現鈍狀，也有黑色斑點。這是無毒的，不會主動攻擊人，特別的是，牠喜歡吃蝸牛，下排有細細的牙齒，可以把蝸牛肉拖出來吃掉，另外……」雨卿一邊嗅聞自己手上的味道，「這條蛇還有一個特徵，只要驚嚇到，身上的腺體會發出奇特的味道！」

他們兩人笑了出來，空氣當中，漂浮著刺鼻的福馬林氣味，還混合著這條鈍頭蛇的特殊氣味，雖然難聞，但他們都為了能擁有這條蛇的標本非常欣喜，而且也習慣了這種味道，這種味道的存在，象徵著博物室又增加了一樣珍藏寶貝。

「考試準備得怎樣了？下個月就該啟程了吧。」牧先生細長的眼睛瞇成一條線，凹陷的眼睛配上微垂的眉毛，臉龐看起來總是很慈悲。

「我很認真在準備。」雨卿說。

旅費沒有著落的不安，又浮上心頭，他盡力去忽略那種不安帶來的惶恐，把桌上的器具一一歸位。

牧先生悄悄打了個呵欠，伸了一個懶腰：「趕著把蛇帶回來給你，我該回去休息了！」一邊起身，他從衣袋裡拿出一個紙包，走到正在擦拭桌子的雨卿身邊。

「謝謝你替我做了這條蛇的標本，只有交給你做標本，我才能安心。這是謝禮。」

雨卿嚇了一跳。

標本的製作步驟，是牧先生教導他的，無論是昆蟲、蝴蝶，甚至像是蛇、鼠之類的標本，是牧先生一邊做，一邊告訴他訣竅，即便是他獨力製作標本的初期，牧先生也在一旁指導，因為他做了這條蛇的標本，就給他謝禮，實在說不過去。

「先生，我真是不敢當，我都是照著先生的指導進行的，沒有收謝禮的理由，況且我本來就是先生的助手，付出是應該的。」他急忙推辭。

「雨卿！」牧先生的眼睛閃閃發光，「把謝禮收著！這段時間以來，謝謝你這麼努力協助我，你是個負責認真的年輕人，應該有好前途！」

牧先生用力把紙包塞到雨卿的手上，轉身往門口走去：「我累了，去休息了。」

雨卿緊握著紙包，覺得那個單薄的紙包，那麼地厚實。

他明白了先生的用心。

這是不傷害他自尊的方法。先生在野外踏查時，改變行程，抓了蛇回來，特意讓他製作標本，然後說要給他謝禮，其實說穿了，是資助他去東京赴考的費用。

雨卿覺得眼眶內有溫熱的東西，沒有讓它流下來，他知道，牧先生不會希望看到他餒志的樣子，他更該提起精神，迎向挑戰。

後來，當雨卿病重之際，常常想起那個春日三月的櫻花，當風吹拂而過櫻樹，便像是落淚一般地揚起了落花，櫻花的美，在於枝頭的短暫綻開，也在於飄落時最後絕美的姿影。

當時的自己，對於未來充滿了希望。

出發前，阿母替他整理了行李，拿出了一件長褲，對他說：「口袋，探探看！」

雨卿伸手欲探，發現口袋被縫住了。定睛一看，阿母以針線細細密密地縫死了口袋。

「我擔心路上有變故，把錢搞丟的話就糟了。所以，我把錢放在口袋裡，整個縫起來，你就穿著這件褲子，絕對不要脫下來，一路到東京才可以換衣服。」

阿母接著拿出一小疊摺成四方的錢，還有一些零散的硬幣，塞到雨卿的手上。

「這是我跟你阿爸能借來的錢，你拿著零用，先生的錢，我縫在口袋裡了。來，拿著！」

雨卿握住阿母的手，微微顫抖：「阿母，妳等我……」接著，他已經說不出話來。

阿母拍拍他的肩膀：「你很好了，是個孝順的孩子，很好了，很好了……」

雨卿就這樣穿著那條長褲十天，坐船抵達門司港，直到坐了火車進入東京，在寄宿的旅店卸下行李，才換下已經散發異味的長褲。

他不以為意，向伙房借了剪刀，剪斷一小截線頭，就著昏暗的燈光，一段一段拆掉阿母縫的線，把錢取出來，付了住宿的費用。

對他而言，最重要的是他的參考書籍、鋼筆、墨水和受驗票（准考證），所以，他把這些東西綁在布巾裡，當成枕頭，晚上枕著睡覺，剩下的錢，放在阿母特地在外套裡縫上的一個暗袋裡，貼身不離。

那一年，他報考的是文檢的生理衛生科，這是牧先生的建議，他不希望雨卿一下子受到太大的衝擊，如果生理衛生科能通過，代表他的努力已經受到基本的肯定。

他記得一切。

記得自己通過預試時的歡喜，那個四月的春天，格外明媚，他也記得查閱官報後，發現自己考上的欣喜若狂。

他打電報回去台南告訴父母，也打了一通給牧先生，跟他稟報這個好消息。接著，要收拾行囊返鄉了。

病中的雨卿舉起孱弱的手，在被上畫出「合格シマシタ」的字樣。這句話，照亮了他往後的日子。

他在午後的高燒盜汗中，緩緩睡去。

第三章

抽芽・蝸牛

雨卿獨自坐在博物科研究室內，閱讀楚南仁博所寫的〈新高山上の蝶類〉，這篇論文說明一百零三種蝶類的垂直分布狀況。

楚南是牧先生在農事試驗場工作時的同事，曾幾次來台南造訪牧先生，雨卿對他和藹的笑容留下深刻的印象。

「雨卿，這位是楚南先生。他接替新渡戶稻雄在農事試驗場的工作，研究的重點是昆蟲。」牧先生這樣介紹楚南，楚南只是靜靜坐在一旁，表情嚴肅。

「新渡戶稻雄，是提出《糖業改良意見書》的新渡戶稻造的堂弟，可惜，英年早逝。」牧先生嘆了一口氣：「記得他還對我說過，為了研究台灣的昆蟲，他要採集一萬隻昆蟲作為標本。」

「好像過世之前已經採集了九千多隻。事實上也是為了總督府博物館成立，要陳列台灣在地的標本。」楚南說。

「他真的很認真呢。」牧先生面露不捨。

「來到台灣，我們這些人最重要的事情就是研究如何防止病蟲害。例如水稻、柑橘、茶等等的物產，都受到害蟲侵襲，無法有好產量。我們就首先研究這些病蟲害如何防治。」牧先生向雨卿說明：「像是楚南先生，就研究茶樹的害蟲。雨卿，你讀過吧？」

「是的，是那篇刊載在《台灣農事報》的〈台灣に於ける茶樹害蟲〉。」

看來嚴肅的楚南這才露出淺淺的微笑。

「我跟楚南有一個共通之處，就是我們沒有顯赫的學歷，多半要靠自己研究，其中辛苦，只有自己知道啊。」

聽到這裡，雨卿更對眼前這位研究者有極大的敬意。

「因為跟著素木先生，所以楚南也是台灣博物學前期加入的會員呢。」牧先生許久不見好友，難得話多了些。

楚南伸手撫了撫牧先生的臂膀：「你好像瘦了許多啊，牧。」

「還好。不過，你看起來也黑壯了許多。」

「我們整日都在跟昆蟲生物來往的，皮膚怎麼可能不黑，尤其啊，這個台灣的太陽，越往南走越是熾熱。」

牧先生點頭表示同意。

楚南在台南期間，跟著牧先生一同出外採集、探索，於是雨卿有許多時間與他相處。

雖然牧先生跟楚南本身是親切的人，然而在野外工作時，為了不驚動生物，他們幾乎不交談，腳步也甚輕，讓跟在他們身後的雨卿，動作也小心留意。

牧先生後來捕到一隻他期待已久的雉鳥，興奮莫名。

「有點熱的天氣，我們還要一兩天才回去，不然先做點處理吧？」楚南摸著溫熱的鳥體這樣說。

牧先生點頭，雨卿順勢取出自己背負的包中，一大罐白色粉末。

若是較小的鳥種，牧先生會注射一些酒精進入體腔，再將整隻鳥浸泡在酒精內攜回研究室製作標本，但這隻鳥的體型較大，可能無法使用浸泡的方式，於是雨卿拿出防腐粉末。

牧先生計畫外出採集時，雨卿便事先在研究室調好粉末，摻有明礬、硼酸和樟腦，還有一定劑量的砒霜。他們必須就地將鳥體小心地剖開，掏去內臟，再將粉末從裡到外抹開，最後將鳥體埋在粉末中防腐。

無論是浸泡或是粉末防腐，都極可能傷害到鳥類的羽毛和外觀，靠著牧先生的手藝與雨卿的適時協助，他們總能順利將鳥體完整帶回研究室，即便受損，他們也有一套自己的方式能復原、維護。

休息時間，楚南看著雨卿記錄、整理資料的動作，告訴雨卿：「做紀錄，當然要又快又準確，但是寫字的工整，會影響到資料的整理。尤其，」他指著一旁的準備要做成昆蟲標本的屍體：「這些做成標本後，你要檢視、翻閱資料，甚至做歸類，將來一筆一筆資料都會成為你寫論文時重要的支持，你也要把昆蟲的形體、模樣、顏色、紋路、特徵做詳細的說明，依照比例大小，將它描繪出來，你的筆觸、寫字、繪圖，都要講究。」

「是，我發現楚南先生的論文裡，連茶樹被蛀食的狀況都描繪出來，提供參考，畫得很細緻。」

「這也不是一朝一夕可以練出來的。我沒有什麼繪畫天分，只是對自己喜愛的東西，想把它留存下來而已。」楚南有點靦腆。

「我會努力跟上研究者的腳步的。」

此後的空閒時間，雨卿常練習描繪各種生物，筆觸非常細緻。

那一次的相處過程中，楚南也鼓勵雨卿，應該要整理自己蒐集的資料，細膩耙梳，然後整理成論文形式，寄到期刊發表。

「學會，就是聚集各個領域的重要人士，一起討論、研究、交換心得。」

「加入學會，也表示你在這個領域已經擁有一席之地。目前成立的『台灣博物學會』，運作得相當好，每個月有月會，也發行了《台灣博物學會會報》。我想你應該讀了不少吧？」

「是，那是我很重要的參考資料。」

「想過把你的研究寫成論文，寄去投稿嗎？」楚南問。

「我還沒有這種資格。」雨卿急忙回答。

「我鼓勵過雨卿，但他就是對自己沒有信心。」在一旁的牧先生插話。

「作為研究者，不僅有研究的責任，也要有分享、交流的義務。否則你永遠就只是個採集者，而不是研究者。」楚南的語氣忽然冷硬起來。

雨卿也感到一種沉甸甸的責任感。

「試試看吧。就以你蒐集很久的台南地區蝶類做根據，寫一篇論文啊。」牧先生鼓勵他。

「蝴蝶」這個名詞出現，讓楚南的眼睛亮了起來：「蝴蝶，台灣的蝴蝶，真是最美麗的生物了。」

「雨卿可是針對台南地區的蝶類，做了不少的研究。」牧先生說。

「雨卿君，我們來競賽吧，看看我們誰能夠先替新發現的蝴蝶命名學名。」楚南望著湛藍的天空說。

數年之後，一九三四年，楚南仁博和台灣博物館學會的會長素木得一，共同發表了關於寬尾鳳蝶的報告。寬尾鳳蝶被命名為Agehana maraho，語源來自日語的「鳳蝶」ageha，以及泰雅族語的「頭目」maraho，後面，當然跟著素木與楚南的姓氏：Shiraki and Sonan。

昭和二年，西元一九二七年。

轉眼間，雨卿已經在台南師範學校工作了七年。牧先生已經在昭和元年返回日本，進入京都帝大理學部動物學研究室擔任研究員。牧先生的離開雖然讓雨卿感到落寞，但是他知道，對於台灣這塊土地，牧先生的心中存有依戀又複雜的感情，牧先生的妻子因病過世後，他一直深陷於哀傷的心情，因此決定離開台灣，重返內地，或許是個變換情緒的方式。

雨卿跟在牧先生身邊將近五年的時間，已經能理解先生細微動作的意義與心思，牧先生帶給他的啟示和鼓勵，讓他找到了自己的志向，牧先生提拔他從給仕進階到博物科研究室的助手，更是他一生難忘的恩澤。認真、不放棄，這他從牧先生身上學到，最重要的一課。

雨卿的上進，讓他受到教員們的尊敬，雖然他並不算是教員。教員當中，同為台灣人的胡丙申與雨卿交情很好。他比雨卿早一年進學校，身為蘇荳人的他，國語學校畢業後，先到蘇荳公學校擔任訓導，後來才到台南師範學校擔任助教授，之後曾到台南州知事官房文書課當了幾年通譯，他個性圓融，不分本島人或內地人，都以真誠的態度面對，長雨卿十餘歲，就像兄長一樣照顧他。

「雨卿，一起去黃欣先生的固園坐一坐好嗎？聽說他們想籌設一間本島人的學校，約我一起去見個面，看看有什麼可以協助的地方。」

下課後，胡內申邀約雨卿一起前往固園。

雨卿聽說過黃欣，是在本町開設書店浩然堂，明治大學畢業，台南地區的名人。

雨卿非常喜歡逛浩然堂，這間書店在新興的商業區本町，明治四十年時依據市區改正計畫闢建為現代化街道，商業活動非常熱絡，街道兩旁開設了各種店鋪，浩然堂是那個區域首屈一指的大書店。

而固園位於東門町，那一片園林建築富麗堂皇，是重要的地標。

當雨卿跟著胡內申進到固園，眼前景色讓他眼界大開。

一進固園的大門，印入眼簾的是木棉樹，造訪時正是春天，厚實的橘紅花朵綴滿高大的樹端，其餘的果樹高叢綠蔭交錯，恍如森林。

人可行走，車輛也可以通行的道路邊豎立著刻有「固園」二字的巨石，周邊則布小碎石，擎入天際的高聳椰子樹，像是守衛在一旁護衛著園林。

園中保留了黃家古厝作為正廳，正廳東西兩側各為兩大棟洋房，兩棟西式建築中有兩座六尺的迴廊環繞的大和室，另外還有兩座附有洋室（西式房間）的獨棟建築。

固園廣闊的占地曾經因為興建縱貫鐵路而被切掉近千坪，但仍有相當的面積營造這個府城的重要地標。

固園的另一項特色是後花園，依傍著古城牆而建，花園的範圍從東門至小南門，以其城壁為靠，具有設計感。園內有池塘，水上有橋有涼亭，美景如詩。

「每次南社有活動，這裡總有精心的布置，庭園各處掛滿燈籠，很有氣氛。少則數十人，多到一兩百人的詩社聚會，總需要一點點心茶食之類的，所以有許多賣點心的，擔著各式各樣的茶點來賣，門口熱鬧的很。」胡丙申這樣告訴雨卿。

幾位關心台灣教育的本島人、日本籍的教育者受邀來固園，一起討論黃欣推動的「台陽中學」。

雨卿在一旁並未多說話，然而從談話當中，不難體會台灣人對於日本總督府長期忽視本地教育問題的怨氣。台灣人就讀的是由各庄街役所自行籌備經費設立的公學校，日本人讀的則是總督府出資設立的小學校，小學校具有較佳的教學資源，公學校的教材、資源遠不及小學校。

即便大正十一年頒布了《改正台灣教育令》，實施「台日共學制」，初級教育仍維持台日分隔為公學校與小學校的隔離教育，中等學校以上則是台日共學制。然而，因為公學校畢業的台灣人，只有極為少數，較為優秀的學生才能投考總督府國語學校或總督府醫學校就讀，台灣人沒有受到嘉惠，台灣的學制全部日本化，導致台灣人和日本人子弟考入中等學校的競爭機會的不公平。於是，雖然島內的中等學校及高等學校數量增多，但由於台灣學生處於競爭不利的狀況，錄取的學生仍以日本人為主。因此，不少台灣人只能選擇前往日本國內升學，形成遠渡重洋赴日本升學的管道反而比在台灣參加升學考試還容易的現象，然而，能掏得出旅費、學費的又有幾人？

雨卿便是無力前往日本求學，只能靠自己取得同等學歷資格的窮苦子弟。

黃欣顯然受到出身台中霧峰的林獻堂設立「台中中學校」的鼓勵，希望能在台南地區也創一所可以讓台灣人平等受到中等教育的學校。

「我們以台陽為名，來設立一間可以讓南部子弟就讀的中學校，唯有教育普及，才能讓台灣人的智識提升。」黃欣抽著雪茄說。

「台陽這個名稱，有雙面的意義，一方面是希望教育能像太陽一樣帶給台灣光明跟希望，另一方面，也希望日本人不要太著意在我們推動台灣人自己的中學校這件事情上，畢竟，日本人自己總不能拒絕太陽啊！這是權宜的作法。」說畢，黃欣豪爽地笑了起來。圍坐的眾人也笑了。

席間，名詩人胡南溟開口說話，他是黃欣的漢學老師。

「我前幾天和《台灣新聞》的記者談到這件事，他也力讚創設學校是我們本島人公共愛的表現。」

老師說話，黃欣放下煙斗，仔細聆聽。

「只是，創設一間學校不容易，有募款上的困難，當然，我知道黃欣君一定會盡力協助，但是近來經濟不景氣，這大筆的款項也不是一己之力可以達到的，第二，是我們要面對教育政策的困難，這才是真正的難題。」

「我打算先和台南州知事談這件事，先取得他的贊同，再來就是得到台南教育當局的認可，當然，總督的態度也很重要。但是我認為，也要顧及日本文部省官員的立場，所以，親自去日本拜訪這些官員應該是勢在必行。」黃欣抽了一口煙。

「黃先生東渡時要不要到內地著名的中學校考察看看，把台灣的中學校辦得跟內地一樣好？」台南師範學校的教授本田乙之進這樣說。

本田有一張長長的臉，看起來很嚴肅，有一種無法挑戰的威嚴。

「好意見。」黃欣對本田舉起大拇指：「那行程規畫好後，可以請本田教授協助中學校的參訪嗎？」

「當然可以，我會盡一己之力協助。」本田客氣地回答。

「另外，我也有個構想，」黃欣揮手吩咐傭人倒茶：「大家都還記得關東大震災的慘況？」

圍坐的幾人紛紛嘆氣搖頭。那發生於近中午時分的大地震，因為家家戶戶幾乎都在生火用炊，因此地震後，不僅房屋倒塌，也發生多起大火，使東京幾乎成為焦土。

黃欣是前往內地洽談生意時，在留日的學生帶領下，到小山內薰創設的築地小劇場，才接觸到新劇的。跟之前在台灣看過的歌仔戲完全不同，黃欣認為這種具有新思潮、新觀點的戲劇若能推廣回台灣，必定能豐富台灣人的文化內涵。於是當他擔任台南市教育委員，便組織了「南光演藝團」。

關東大震災發生後，為了響應救災捐款，黃欣帶領南光演藝團到台北、台中、高雄各地演出，把門票收入作為救災捐款。

「我是這樣想的，既然我們的劇團已經有一定的基礎和向心力，不然，就把這個組織擴大，讓它的功能有更大的發揮，諸君以為如何？」

大家點頭稱好。

「在文化協會的支持下，彰化已經成立了婦女共勵會，連諸羅也有婦女共勵會了，這樣看來，我們台南人，輸人毋輸陣，不然，就叫做台南共勵會吧！」辛西淮這樣說。

辛西淮也是台南人，台南地方的紳富，曾經擔任保正、區長、庄長，後來他看準了台南到佳里的交通運輸發展，投入經營軌道台車的事業，創辦了台灣輕鐵會社。

「好。輸人毋輸陣，就叫台南共勵會。」黃欣拍了一下大腿：「那我先聲明，你可要來做顧問。」旋而偏身望向胡南溟：「老師也是當然的顧問。」

「我年紀大了，寫個賀文可以，辦這種新式的活動，還是你們年輕人去吧。」胡南溟掀開茶蓋，一邊喝茶一邊說。

「做顧問，我沒有才情，不過出錢出力是可以。」辛西淮笑著說。

黃欣哈哈大笑，做了手勢請大家喝茶，用茶點。

胡丙申悄悄地告訴雨卿，這位辛西淮先生，是扎扎實實從基層行政事務上磨練出來的人，後來當上議員。他篤信保生大帝，對地方事務很關心，大家都叫他大善人。

胡丙申也說，主人黃欣喜歡嘗試新事物。他養過馬，養過鹿，打過高爾夫球，還買了台南第一台法國製的腳踏車，自己騎在府城的街道上，許多人追著他的腳踏車跑。他也喜歡自己動手在暗房洗照片，「暗房還是請內地專家，原封不動從內地直接按原尺寸移植過來的。」

「延續劇團的影響力，創立台南共勵會後，我希望能設立幾個部門，分別來推動文化活動，教育啦，演講啦，音樂、演劇都要有。」黃欣在啜飲熱茶後，說出自己的規畫。

「這幾個部門也要分別商請人才來負責。」沉默寡言的黃溪泉在身邊提醒兄長，黃欣面露讚許，對他點點頭。

「溪泉說的是，不同的部門專才，要有不同的人才來領頭。」黃欣繼續說：「各位回去可以幫忙想想，有什麼樣的人才可以網羅進來，一起努力。」

「另外，我也想跟大家說，為了加強演劇的效果，讓演劇可以發揮最大影響力，我想投資大舞台，成為大舞台的股東，這樣我們隨時可以排戲，戲的品質可以更好，演出的時間也可以更自由，有極大的方便。」

雨卿吃了一驚。

大舞台是台南地區最早設立的劇場，每每走過那西式的大拱門，雨卿總是回頭看了又看，讚嘆它的宏偉，如今，為了演劇，黃欣的投資還真是大手筆。

「同時，我也想跟大家商量，」黃欣忽然壓低聲量：「我聽說，台北的演劇團，有些跟左派思想以及社會運動連結在一起，文化氣息反而減少了，這些劇團特別引起警察注意，尤其台北標榜中流社會的星光劇團，已經被警察盯上了幾次。我們演的戲如果叫做文化劇或新劇，恐怕會跟他們混雜在一起，引發誤會就不好了，這樣對我們的辦學會有不良影響。不然，我們就把我們台南共勵會的戲，統一叫做文士劇，ぶんしげき，跟日本的一樣，代表我們是有學識的人，跟台北一些演劇的流氓不一樣，諸位覺得好嗎？」

「贊成。」辛西淮首先出聲，接連有人附和。

「叫文士劇的話，要讀書人來演出才有意義。」黃欣面向本田：「本田教授，台南師範學校是我們台南的學術殿堂，你們學校可有教員或學生對戲劇有興趣的？」

「有的。」本田回答：「我還沒渡台的時候，在東京求學，不管生活怎麼艱苦，還是要去日本橋的明治座看『每日新聞演劇會』的演劇。」一邊說，本田一邊露出懷念的表情：「寫劇本的是記者，演員也是記者，就是你們所謂的文士劇。票價不貴，又能看到改編或是新寫的戲劇，對於窮學生來說，真是過癮啊。」

雨卿忽然覺得，本田臉上的皺紋似乎淺了許多，懷念的笑容，使他年輕了幾歲。

「好像每個人都能上舞台去試試，每個人可以演出自己的心聲，這就是戲劇的迷人之處。」

「我深有同感。」黃欣望著本田的笑容，彷彿也經歷了一種年輕。

「不如，我們邀集有興趣的師生，一同參與。」胡丙申看著坐在一旁的雨卿。

忽然被拉進談話內容，雨卿有點措手不及，但仍保持鎮定。

「在這裡向黃先生介紹台南師範學校的博物科助手，王雨卿君。他是一個非常上進的年輕人，靠著自學取得了中學學歷的檢定資格，也取了文檢生理衛生科中等教員的資格。」胡丙申對大家介紹雨卿。

在座的幾位紛紛探身，想看看這個羞怯的年輕人。

雨卿起身，不疾不徐地向眾人行禮。

「王君，你是天資聰穎，因此可以取得這些資格，但是大多數的台灣人可沒有這種福氣，這就是為什麼我們要設立自己的中學。」黃欣說。

「我了解這種無法平等受教育的痛苦，也很支持設立學校的想法。」雨卿說。

大家出聲讚許。

身邊的胡丙申在他坐回原位後，笑著對他說：「這樣，就要好好替我們的演劇出力了。」

「胡兄，是文士劇。」雨卿也笑著糾正他的用詞。

黃欣哈哈大笑，再次請大家用茶。

答應加入共勵會的演劇部，胡丙申和雨卿還在研討究竟要自己寫劇本，還是改編受歡迎的電影或小說好，黃欣已經捎了邀請信來，請兩位去大舞台觀賞以南光演藝團成員演出的文士劇。

因為愛看戲的人口越來越多，台南已經出現了幾家新的劇場，有宮古座、戎座、南座等等，唯有大舞台是台灣人經營的劇場，內部也順從台灣人的習慣，坐椅不坐席，不像宮古座，雖有包廂，但是全部都是榻榻米，必須跪坐看戲，不符合台灣人的生活習慣，因此被戲稱「宮古座，艱苦坐」⑨。

這晚，共勵會成立演劇部的首演劇目是《一串珍珠》。聽說是在中國大受歡迎的電影，講的是人性愛慕虛榮的下場。

劇場內部坐滿了人，前排多半是黃欣邀請來的，場外還有買不到票而無法進場的人潮，場面熱鬧。

⑨ 宮古的台語讀音和台語的「艱苦」發音很類似。

為了讓共勵會運作順利，黃欣不僅出力也出錢，全部他請來觀賞的人，皆由他招待買單，但雨卿和胡丙申仍然聽到了後排自己購票進場的人抱怨：「聽說股東都有特別的股東牌，買票是半價，那以後如果要看戲，託人去黃家借牌不就好了？」

雨卿把注意力放在舞台上的演出，卻不由自主想到幾年前，自己風聞「美台團」要來台南，難掩興奮跑去參加的往事。

美台團是台灣文化協會的成員蔡培火捐出母親的生日禮金，加上募款所得所創立的活動寫真團。美台團購得美國的放映機與影片後，開始巡迴台灣各地放映，邀請講說電影內容的「辯士」同行講解，所到之處，風靡一時。雨卿還記得，要放映前，工作人員教唱了一首美台團的團歌，歌詞中有「美台團，愛台灣，愛伊風好日也好，愛伊百姓品格高……」

那是雨卿第一次看到所謂的「映畫」，黑白的畫面，加上風趣、幽默的辯士說明劇情，夾雜幾句日本警察聽不懂的台語俗諺，惹得全場哄堂大笑，氣氛炒熱到沸騰。況且五錢的票價並不貴，否則以雨卿領的是全校職員最低的薪水，一個月薪水三十塊，一般進劇場的票價動輒二十錢、五十錢，他是無法負擔的。

場景一樣在大舞台，但台上的戲劇表演，比映畫有趣多了。人物自己有台詞，場面是彩色的，演員的表情生動，每個動作，每個眼神流轉，讓台下的觀眾感到自己被注視著。

「秀珍，你這串珍珠項鍊真的是好美。」

美仙無比羨慕地看著秀珍脖子上閃閃發亮的項鍊。

秀珍略顯得意，又顯得不好意思。

「對啊，好美的珍珠項鍊！」客廳中的眾人圍向秀珍，稱讚她脖子上美麗的首飾。

作為主人的美仙被冷落在一旁，備感失意。

美仙的丈夫如龍看著妻子的表情，有點心疼，又不知所措……

「不用辯士，也能讓故事延續發展。」太有趣了。

不是歌仔戲當中，粉墨登場的俗豔，傳統而滑稽的服飾，台上的演員，穿的是與一般穿著並無不同的衣服，跟得上時代，也貼近生活。

劇裡說的是大家都聽得懂的台語，沒有呼天搶地，專屬於王寶釧的苦情，也沒有含悲忍辱，滿腹的委屈都得硬吞的竇娥冤，只有禁不起考驗的人性，和所有人都有的心理。

舞台上的角色互動、對話、使眼色，時而歡笑，時而憤恨。

雨卿被台上的戲劇吸引，目眩神迷。

戲劇落幕，大批人潮步出劇場，忽然，雨卿的肩膀被拍了一下，轉身一看，是滿頭亂髮，兩個顴骨特別突出，帶著滿臉笑意的星襄一⑩。

「星君，原來是你。」雨卿回以滿溢的笑容。

他們只差了幾歲，因為雨卿的個性好，學生樂於跟他親近，喜歡以開玩笑的方式捉弄他。

雨卿喜歡這個學生。

他知道星來自新潟，六日町中學校畢業後，渡台來到台南師範學校就讀，非常喜歡繪畫，閒暇時刻，常看到他拿著炭筆素描。他說，他的故鄉是個經年大雪的地方，但是台南卻是一年到頭都是豔陽的熱帶地區，對他來說是新奇的體驗。

「這世界真是有趣呢！」星以一種靦腆的方式抓頭、傻笑。

雖然以拍肩的方式向雨卿打招呼，但是星看到胡丙申卻不敢造次，默默地行了禮。

「星君也來看文士劇？」胡丙申問。

「是的，我很有興趣。」

「對話聽得懂嗎？」他又問。

「我只能理解簡單的台語字詞，因此整齣戲，都以演員的表情來猜想劇情。不過，這也是很有趣的經驗。」

雨卿發現星襄一喜歡用「面白い」（有趣的）來形容自己的感覺。

回程的路上，三人並肩走著，是個怡人的夏夜。

「王先生，剛剛的劇，我想，是我讀過的モーパッサン故事改編的吧⑪？」星說。

「之前聽團員提起過，似乎是前陣子中國很流行的電影改編的。」雨卿順便把剛剛的劇情說一遍給星聽。

「你剛剛提到的モーパッサン寫的故事，是指那篇〈首飾り〉嗎？」胡丙申問。

「有點類似，但不全部相同。」星一邊思索，一邊說起這個故事。

情節與今天的劇情有點相似，但是珍珠項鍊在原來的故事中是不慎遺失並不是被盜，而且原來的故事中，女主角的貪婪更加明顯，做了華裳還要首飾，才種下了往後艱苦生活的

⑩ 星襄一（1913-1979），新潟人，台南師範學校畢業後，在台南任教十三年，戰後回到新潟居住，成為著名的版畫家。作品被東京國立近代美術館、千葉縣立美術館以及世界各地的美術館，例如美國紐約近代美術館、芝加哥美術館、德國美術館珍藏。

⑪ モーパッサン，法國小說家莫泊桑（Henry-René-Albert-Guy de Maupassant, 1850-1893）。

因。但是原著故事中最後揭示原來出借的那串項鍊是假的，更能凸顯這對夫妻自己犯錯的荒謬感。

「戲劇為了有趣難免要改編，但是我還是比較喜歡自己讀的故事。」星嘆了一口氣。

「雖然讀過這個故事了，不過今天的戲，也讓人覺得很新奇。星君對於小說的詮釋更是令人刮目相看。」胡丙申說完，星聳了聳肩膀。

走了長長的一段路，三人走在末廣町的路上，眼前即是台南神社。

台南神社竣工後，升格為官幣中社，裡面供奉北白川宮能久親王的遺物，師範學校每逢祭祀日會帶領學生前往朝拜，雨卿因此進去參觀了幾次，看著一樓陳列的北白川宮的軍服，雖然大不敬，但雨卿猜想，北白川宮可能身材也不算高大吧？

他們三人走到神社外苑，前面有座圓拱橋。為了捕捉教學用的蝌蚪，雨卿把附近的水路摸得很清楚。

庭園當中有一座以花崗石建造的高聳湧泉處，泉水不停湧出，沿著人工挖鑿的水道流出來，供前來神社參拜者洗手、漱口，另外，神社附近的孔廟當中的泮池，也有水流注入這條水道，兩處水源匯集後，成為一條小溪流，流經這座圓拱橋下，最後注入福安坑溪。

「雨卿，我是這樣想的，不如，我們來改編我們讀過、熟悉的作品當作劇本，這樣才能精準掌握我們想要傳達的意思。」胡丙申這樣提議。

雨卿點頭表示贊同：「我也覺得這樣比較能貼近一般觀眾。」

沉不住氣的星立刻問：「那麼兩位先生覺得適合的作品是什麼？」

「你覺得《若きヴェールテルの悩み》好嗎⑫？」戴著圓框眼鏡的雨卿故意俏皮地問。

「好啊！這種年輕人的困擾最適合搬上舞台了，衝擊性大，又有強烈的轉折，太有趣了。」星的聲音拉高，透露著興奮。

雨卿說：「那麼，我來改寫劇本，找一些年輕的學生一起來響應，這樣好嗎？」

「我首先加入！可以演，也可以負責布景！」星一邊歡快地說，一邊加快腳步，大步向前跑，跨上拱型橋向著水面高舉雙臂歡呼。

看了年輕氣盛的星一眼，胡丙申轉向雨卿：「如果要找年輕人來擔綱，這樣的主題再好不過了。可以喚醒大家重視年輕人的心情，這個時代，需要讓年輕人有出口。」

那日，月亮又圓又亮，淡淡的月光映出了他們的身影。

---

⑫《若きヴェールテルの悩み》，中文譯為《少年維特的煩惱》，是德國文學家歌德（Johann Wolfgang von Goethe,1749-1832）的著名作品。

淺淺淡淡的人影，就著生於神社外，在熱帶地方萌芽，枝椏、氣根茂密生長的榕樹，構成了一幅從人間世伸出傾捧的雙手，望向月亮的畫面。

一九七六年，已經六十三歲的星襄一回想起那天晚上，畫下了名為〈春の月〉的版畫。各樣的林相，是星襄一很喜愛的繪畫主題。樹林顏色各異，有的沾滿雪跡，有的掛滿一樹即將落下的紅葉。

他時常想起那個和雨卿並行的夜晚，就算是在暮年，也沒有忘記那個夜晚。他們與高采烈計畫著夢想該沿怎樣的方向行進，唯一沒被提及的，是生命該以怎樣的方式，進行告別。

「早逝的春天啊。」畫室內的星襄一對著記憶裡的樹姿輕輕喟嘆。

第四章

綻開・蝴蝶

台南府城的夏日炙熱，有時，蟬鳴噪聲大到在樹下面對面說話的人，幾乎聽不到對方的言語，鮮紅的鳳凰花，把夏天的熱氣哄抬到極致，彷彿下一秒天邊就要燃燒起來。

佐伯留雄是應明治三十年年底的《台灣總督府訓令》第一百八十七號，註明要增加台南郵便電信局十二名書記員，從故鄉宮崎縣被徵召到台灣來的。

來到台南時，是明治三十一年初，擔任「歲入歲出現金收納官吏」，專管財務。初來到台南的他，對於這裡的天氣感到舒服自在，那是因為他的故鄉位於九州南端，氣候本來就溫暖宜人，相對於其他不適應南部悶熱天氣的同事，他很快融入了熱帶地方的生活。

他觀察到，這裡的清晨涼爽，接著是豔陽高照的高溫氣候，下午往往會下起很大的雷陣雨，即將下雨的空氣裡，瀰漫著一種土地喘息的氣味。

佐伯留雄在台南郵便局工作了十四年，大正九年，實施市區改正，台南廳改台南州，蔴荳改稱麻豆街，屬台南州曾文郡管轄，隔年他擔任麻豆郵便局局長，此後更擔任麻豆街協議員。

在他選議員的這年，他的女兒佐伯操在東京學成畢業，回到台灣，在公學校教書。對於把自己的女兒送回東京去受教育，讀的還是體操音樂學校，佐伯留雄心裡很自豪。在大家停留在女孩應該在家裡學針黹，應該舉止優雅的種種舊觀念的時候，他的心裡已有不同的想法。

來到台灣，他最受震驚的，是看到台灣女性裹小腳。郵便局內的台灣助手告訴他，台灣人看女人，是「看腳不看面」，也認為「小腳是阿娘，大腳是婢」，如果要嫁得好人家，一雙小腳是不可或缺的要件。

然而，當他看著自己的孩子在庭園裡嬉戲，特別是那個被他膩稱為小操的女兒，圓圓短短的一節潔白小腿，露在浴衣的外面，趿著木屐啪搭趴搭地奔跑，他無法想像父母如何可以下得了手，將那雙可愛的裸足裹成那麼奇怪的形狀。

像可怕的粽子，他覺得。

佐伯留雄下意識將裹足，與許多台灣慣習和野蠻、不進化連結在一起。

尤其他在讀報時看到，前陣子在安平街上，管區看到一個台灣女人「裙下雙翹，束如春筍，自以彎曲難伸，束縛如故」，便叫她到派出所裡，對她「訓責萬端」，再以黑色墨汁塗在她的半邊臉上，另一半面則以紅色墨汁塗上，還剪了一塊紙板，在上面寫著：「李氏之妻」，掛在她脖子上，接著把她趕到安平市場，自己跟著她後面走，意似遊街，足足走了三個小時。

他還記得，那篇文章的題目是〈纏足者戒〉。

纏足雖然是全島可見的狀況，但在台南似乎特別受到日本人的排斥，明治四十三年，台南廳便已採取強制手段，將禁纏足的條款附加於保甲規約中，若違反者需受保甲處分，佐伯留雄對此深表贊同。

當小操越長越大，他理解到這個女兒對於讀書這件事並無多大興趣，反而喜歡跟男孩子玩官兵抓盜匪，在田裡追著青蛙跑，他便替女兒選擇了一條符合她的興趣，也符合未來走向的路。儘管人居住在台灣島內，他並沒有斷絕對於內地的關切，他知道，因應提倡身體健康的觀念，這幾年越來越需要體操教員，內地已經出現很大的師資需求，由這樣的角度看來，國民身體強健度遠不如內地的台灣，應該也將出現這樣的課程安排。

基於希望小操也能受到內地的完整教育，也為了規畫她的人生，佐伯留雄將女兒送往位於東京小石川區上富坂町的東京女子體操音樂學校就讀。

小操畢業之後，到了麻豆公學校任教，隨後調往市區的明治公學校。她樂觀開朗，笑起來的聲音非常爽朗洪亮。與一般日本女性的陰柔不同，她動作明快，而且因為熱愛游泳，皮膚經常曬得紅通通的，不久便轉為黝黑的膚色。

通常，只要走近小操的教室，就能聽到她與學生唱歌、遊戲的笑聲，但最近的課餘時間，她多半坐在宿舍的廊緣發愣。

「是這樣嗎？」

甩出和扇，下腰，手臂在空中畫出優美的弧度，雨卿從扇後露出半邊臉，金色的圓鏡框，鏡片閃閃發光。

小操有一剎那的恍惚。

維持動作的雨卿等不到小操的回答，又從扇後探出臉：「佐伯先生？」

小操回過神：「嗯，做得很好。」

她繼續示範其他動作，雨卿跟著模仿、學習。

約莫兩個月前，學校同事黃淑靜向小操說，有人想學日本舞，「我立刻想到妳主修體操啊，妳來教他吧？」

黃淑靜也住在固園附近，與固園黃家有遠房親戚關係，師範學校畢業後到這所公學校任教。

「除了妳，沒有人能把日本舞跳得更好了。」黃淑靜說，隨即露出俏皮的表情：「可是，要學的人是男性喔！」

小操露出狐疑的表情：「男人學這個要做什麼？」

「他們正在準備演出文士劇，劇中有跳日本舞的女性，就請男性反串啊，所以需要來跟妳學。」

小操幾度推辭不願意，但捱不過黃淑靜的請求，在她應允自己也會陪同之下，勉強答應了這件事。

第一次看到雨卿，是個斯文的男子，說話聲音溫潤好聽，敬語說得極好，臉上始終帶著微笑。

因為雨卿的微笑太過溫暖，因此小操不修邊幅的笑聲收斂許多，竟跟著他柔和的聲音，講話也輕柔起來。

黃淑靜跟著學了幾次日本舞之後，就喊腳痛沒再來了，只剩下雨卿和小操繼續學習。

「轉身時要拉著衣袖，眼神注視著扇子。」小操叮嚀著，凝視雨卿的手輕輕握住扇柄，一邊轉身，一邊以腕力操控扇子，上下柔軟擺動。

雖然是男性，但是他跳起扇子舞來，毫不違和，大概是因為他的身形細瘦，動作靈活，而且，他非常認真學習。到了約定的時間，他已經靜靜站在門外等候，首先向她深深行禮，脫鞋，再把鞋子倒放過來，鞋尖向外。

翩翩君子，她的心裡出現這個字詞。

漸漸地，她發現自己越來越期待看到他，離約定的時間越近，她的心就越緊縮，瞥見他站在門外的身影，心又緩緩地舒開來。

「佐伯先生，非常抱歉，下次我們就不約了，因為我們的劇即將演出，要到大舞台彩排。」這次上完課，雨卿這樣對小操說。

小操的心像是被鐘錘撞擊到，應該有巨大聲響發出來的，但是只有嗡嗡的震動，把她的心震出一陣酸楚。

雨卿透過光亮的鏡片，看著小操。

「妳願意來大舞台看我們的演出嗎？」沉默半晌，他開口問，從口袋拿出預先準備好的票遞給她。

小操抬起頭，眼睛發亮，接過他手上的票券：「真的邀請我去嗎？」

小操的反應讓雨卿的嘴角笑意更深：「嗯，真的。」

「太好了。」小操忍不住歡呼出來，卻立刻發現自己的音量很大，聲音迴盪在室內空間。

「很對不起。」她低頭道歉。

雨卿望著小操黝黑皮膚湧現出羞澀的紅暈，忍不住說：「佐伯先生真是太可愛了。」

小操的臉更紅了，從雙頰一路透到她跳日本舞時會緊綳而線條直滑的頸項。她的頸項，不是陶瓷燒製的嫩白，而是田裡澄黃、豐收，在南台灣陽光照耀下會搖曳的稻禾。

文士劇。若非雨卿演出，小操可能不會接觸到這種戲劇。走入大舞台，劇場內極多的觀眾令她吃驚，看到了她從未接觸過的世界。往常，戲台演的是有票房保證的歌仔戲或是上海、福州來的外江戲、福州戲。尤其台南，歌仔戲特別受歡迎。雖然有志之士時常抨擊歌仔戲乃「鄉村牲童豬奴」所唱，乃「淫詞邪曲，易壞人心」，但是歌仔戲所到之處仍使觀眾趨之若鶩，尤其女性觀眾特別沉迷愛看，甚至還有女性觀眾看完戲劇，不可自拔，竟然隨著劇團出走的事情。

台南本地的歌仔戲團，就有樣仔林、七良境、磚仔埕、大銃街這幾團，每逢神誕、廟祭、建醮，必定會在戲台演出，時間一到，男女老幼拿著板凳、小椅在戲台下等候開戲，小販聚集在附近叫賣，熱鬧滾滾。

何況由大舞台的股東投資的歌仔戲團「丹桂社」，曾創下連在大舞台演出四個月的紀錄，更造成轟動。這股風潮促使台南地區的保正力請有關當局禁止歌仔戲的演出，不僅台南，桃園、台中、彰化等地都有禁演的消息傳出來。

來自上海或福州的戲團，演出的是福州戲或外江戲。外江，指的是外地，外江戲指的是非本地固有的劇種。

小操從來沒有看過這些戲劇，一方面因為身為日本人，與一般台灣人生活習慣與興趣並不同，另一方面也因為台上戲劇使用的語言，她無法理解。

她坐在台下，雖然自己沒有演出，但不知道為什麼，心情很緊張。

「或許是跟著王先生一起緊張吧？」她在心裡想。

她想起雨卿戴著眼鏡的溫和笑容，以及練舞時認真投入的表情，她有點出神，但隨即笑了。

此時，燈光變暗，台上的戲準備開始。

全然是新的嘗試，新的創意。

少年維特穿的是中學的學生服，戴著帥氣的帽子，他控訴的社會，是個本島人沒有升學出路，沒有錢就無法渡海到內地求學的苦境社會，也是個階級不平等的社會。

維特是個憂鬱多愁的青年，也是個有志難伸的台灣人。

讓少年敏感情緒抽痛的緣由，是他愛上了不該愛的人，這個不該愛上的女孩綠蒂，每一個笑容，每次和她的眼神交會，都撕扯著他的心，讓他的心住在黑夜裡，但是看見她，又重回早晨的光明。

維特心愛的綠蒂現身在舞會，跳著扇子舞。

小操睜大了眼睛。

「這是王先生嗎？」她在心裡驚嘆。

雨卿本來就細緻的五官，畫上女妝後更顯嫵媚，不算高的身量，也剛好扮演女性，他的眼睛，不戴眼鏡時，竟是那樣地黑白分明，流轉如星。當他轉動扇子微笑時，抬頭望向觀眾，全場觀眾都以為自己被這道眼神拂過了。

她從來沒有看過這樣的王先生。

雨卿總是溫和、文雅。她教舞時，常浮現不耐煩，但他仍是不慍不火，從不因此亂了手腳，只是靜靜地停在一旁，等待她下一個指示。

此時的雨卿，露出那麼嬌美的笑容，演出活潑可愛的少女，與原本的他落差如此大，小操意識到，是一種對藝術的熱愛，操縱了雨卿，讓他扮演一個全然不同的角色，如此傳神。

一種感動籠罩了小操，尤其當她看到，練習時雨卿時常會掉扇子的橋段，此刻，他輕巧熟練地接住了空中旋轉的扇子，轉身，完成完美的動作，她彷彿看到，雨卿在宿舍內，日夜練習，一再苦練，扇子掉了一次又一次，不成功絕不放棄。

那個眼神流盼生輝的綠蒂，真的會讓維特放棄生命。

就像是那樣溫柔俊俏的雨卿，真的讓小操無法呼吸。

維特對摯友威廉說出了自己會死的預言。

「如果，能為一種真實而死去，彷彿也是一件幸福的事。」

無心的台詞，從台上迸飛出來，射進小操的心中。

她感到一種寂寞。

她的心裡想順從這樣的感覺，但馬上察覺到一種巨大的無助。

跳著扇子舞的綠蒂。

拿著扇子遮著半邊臉，與她一起練習的雨卿……

忽然，台上發出了巨大的槍響。

維特舉槍自盡，倒臥在舞台上。

小操突然起身，連聲抱歉，經過整列觀眾，匆匆離去。

夏季的台南，適合冷食。母親習慣在夏季做冷汁拌飯給全家人吃。

跟著父親佐伯留雄從宮崎來到台灣府城的母親八重，儘管身處炎熱的台灣，也沒有忘了延續在日本的生活習慣，按照四季放置適合的擺飾。她時時提醒自己的孩子，他們只是換了個地方居住，早晚要回故鄉的，因此不能忘記故鄉的事情。

以冷汁拌飯提醒他們的味蕾，就是其中之一。

若是以傳統熱水煮味噌湯，完成了就熱騰騰上桌，倒是容易，但是他們故鄉的冷汁，為了追求「冷卻」，大費周章。

母親首先去一般台灣農家要來稻梗，接著把稻梗切得細細碎碎的，然後以麻布袋裝著這些稻梗碎，要兒子騎腳踏車上街去買冰塊。

兒子到製冰店買冰塊後，將見方的冰塊裝入稻梗碎中保冷，裝入麻布袋，再以飛快的速度騎回家。

差兒子去買冰塊的時間內，母親將小魚乾研磨成粉狀，然後煮水，加入魚粉成為湯底，等水燒開，把味噌淺淺薄薄抹在鍋子內層，一層一層慢慢堆疊，一邊使味噌受熱，出現燻烤的香氣，一邊讓味噌慢慢融入湯中，再依序加入豆腐、海帶芽、青蔥。由於等等要加入冰塊冷卻，所以這道味噌湯必須煮得比平常濃，拿捏濃度的手法，就是掌廚的女孩能不能出嫁的標準。

煮好的味噌湯，加入已敲碎的冰塊，成為冷湯。冰冰涼涼的冷湯要拌著熱騰騰的白飯吃，溫度調和剛好，不知不覺可以連吃好幾碗。

父親最愛配著母親醃漬的醬菜吃。

這也是小操最喜歡的菜式，可是最近的她似乎沒什麼食欲，時常若有所思。母親感覺到這個以往好動開朗的孩子，沉默許多。

下課後，小操收拾桌上的書本，和黃淑靜準備回家。

「演戲那天，妳怎麼那麼早就回家了？」黃淑靜問。

「我身體不舒服。」小操有點心虛。

「閉幕後，王先生還來問我妳去哪裡了呢。」

「王先生問起我嗎？」

「嗯。王先生那天的表演實在精采。他們台南師範的學生一起湊錢買了一束花獻給他。」

「我覺得他演綠蒂實在太傳神了。」小操想起那日雨卿的和服裝扮，笑出聲音。

「沒想到平常不太說話的王先生也有這樣的一面。我們好驚訝。」

「是啊。」小操隨意回答，瞥見了窗外的身影。

雨卿從窗邊向她招手，笑臉盈盈。

小操的心一下子跳得好快，心跳聲直接撞擊在耳膜上。

黃淑靜拍了拍小操的肩膀，向雨卿打聲招呼，自己先回家了。

雨卿尚未開口說話，就已用俊朗的笑容熨平了小操的心——這幾日浸在維特和綠蒂的故事，反反覆覆回想那日的文士劇而發皺的心。

他們一起走在明治公學校對面的東本願寺內，寺廟古樹參天，地面上是特意鋪上的小碎石子，他們踩行其上，發出沙沙的聲音。

「那天戲結束後，我沒有看到妳。」雨卿的聲音有點僵硬。

他今天特別穿上他最好的一套衣服，外套、襯衫、黑褲子。當然，今天並不飾演綠蒂，因此他戴著眼鏡。

戴上眼鏡的雨卿，讓小操重拾一種熟悉。

「我……後來身體不是很舒服，所以先回家休息了。」小操依舊覺得心虛。

「希望妳的身體已經復原了。」

雨卿的聲音當中的關懷，讓小操喉頭一緊。

「那，妳看過我跳扇子舞的段落嗎？」

「有，王先生跳得真好。」小操對雨卿仰起笑臉，發現走在身邊的雨卿正注視著她。

小操不禁臉紅，急忙繼續接話：「我一直擔心王先生在常常掉扇子的那個地方，會因為緊張而失手，沒想到動作非常流暢，也很熟練，我很高興。」

「我常常練習。我在想，一定不能讓佐伯先生失望，不能丟佐伯先生的臉。」

「王先生非常努力，這次的演出能成功，是你自己的功勞。」

他們相對一笑，繼續往前走。

雨卿感受到東本願寺的寧靜和宏偉，不禁和小操講起自己家附近的大關帝廟。既然叫做關帝廟，主祀當然就是關公。

「關公，三國演義裡面的關公，拿著青龍偃月刀的關公，妳知道嗎？」雨卿問。

「我知道。我父親很喜歡讀中國的小說，他講過這段故事，是不是……刮骨療傷的那位？」

「是的。」雨卿眼神帶著讚賞。

「這間關帝廟很特別的是，一般的關帝廟，最多只會設小型神龕供奉關公的赤兔馬，但是這間廟，特別闢了一間馬使爺廳，讓關公的馬也有個地方休息，真是有人情味。」

雨卿的話讓小操笑了。

「這間廟還有個字匾，妳去看一定看得懂。」

「是什麼？」

「だいじょうぶ。大丈夫。」

「沒問題？」

「這個大丈夫，是沒問題的意思，在漢文也是頂天立地的男子漢的意思。」

「太有趣了。在關帝廟奉這個匾，恰恰好呢。」小操的笑容，因為微露唇邊的牙齒，顯得甜美稚氣。

「這間關帝廟的月老祠也很有名。」

「月老？」

「傳說是姻緣之神，如果要求得好姻緣，都會去拜月老。」

雨卿的眼睛看著寺廟外的手水舍，水聲緩慢流動，信徒拿起木製水杓的聲音，敲擊到石製的邊緣，發出低沉迴盪的聲音。

「台語當中，『緣』和『鉛』是同音，所以來拜拜的信徒，會求一包鉛粉回家，代表帶著緣分，就會遇到理想的對象。」他繼續說。

「緣分？」

「命運。就是注定會遇到，會結識的人。」

「原來如此。」

小操咬著下唇，繼續往前走。

雨卿沒再說話。

走了一段路，忍不住想打破這股沉默的小操開口問：「那麼王先生拜過嗎？」

對這個問題有點驚訝的雨卿推了推眼鏡：「沒有，也不需要。」

「喔。」

像是要揮散心裡突然出現的各種複雜情緒，小操揮揮手：「我該回家了，王先生也快點回家休息吧！」

小操轉身，覺得自己已經承不住眼眶中的淚水。

「佐伯先生。」雨卿喚住小操。

勉強擠出微笑的小操，努力深呼吸，轉過身來看著雨卿。

「我……帶了一個禮物來，要謝謝佐伯先生的指導。」雨卿一邊說，一邊從口袋拿出一個小紙盒，幾乎是有點顫抖的：「希望妳會喜歡。」

小紙盒躺在他伸展的手掌中。

小操伸手拿起紙盒，好像微微觸到了他的手掌心，溫熱而帶著汗氣。

一隻展翅的蝴蝶。

小操沒有看過這麼美麗的蝴蝶。

上方的純黑色翅膀帶著珠光，下方翅膀邊緣有凸起如蕾絲花邊的鮮紅線條、圈點，翅膀開展，如同正在飛舞，停憩在花朵上，下一秒就將飛離視線。

「我花了幾天的時間去捕捉採集，回來製成標本，想要送給妳，所以遲了幾天來向妳道謝。」

「是王先生自己捉的蝴蝶，自己做的標本嗎？」小操感到訝異。

「是的。製作標本是我的興趣，也是我的志向。」

「好美。」小操將紙盒拿近端詳，蝴蝶的觸鬚、身上的絨毛還保留著，像是隨時會飛起來一樣。

「這隻是雄蝶，」雨卿湊近小操，指給她看：「請看，這隻前翅端有點圓圓的，後翅外緣有波浪狀，也有尾狀突起，還有兩條翅脈通過。它的後翅內緣有輕微反捲，也有細長的黑色鱗毛。雌蝶，會比雄蝶大。」

小操隨著雨卿的解釋小心轉動紙盒，看到那幾乎用力呼吸就會被吹走的鱗毛，輕輕擺動。

「哇。」小操全然被眼前的標本吸引，雨卿凝視著小操睜大而發亮的雙眼，她的雙頰因為讚嘆，而泛著紅潤的光采。

「佐伯先生，妳喜歡這樣的禮物嗎？」他鼓起勇氣問。

小操幾乎是搶著雨卿的話尾回答：「太喜歡了，真的謝謝。」

「我……只會這樣的事情，也只知道怎麼跟……昆蟲、動物相處，但是……我……」因為緊張而無法把整句話說好的雨卿，越發不知所措：「我想藉著這隻蝴蝶，向佐伯先生道謝，而且，」他深呼吸：「而且想向佐伯先生表示，我很喜歡妳。」

抬起頭來的小操有一剎那的茫然。

喜歡？

這個字詞從耳朵進入後，在她的心裡撞來撞去，然後從她的唇邊喃喃自語出來：「喜歡？」

「是的，很喜歡。」雨卿低下頭。

小操呆望著他。

「我不用去月老祠，是因為我已經遇到很喜歡的人了。」

小操說不出話來。

「當然，如果佐伯先生需要去拜一下月老祠，我也可以陪妳去。」雨卿看到小操說不出話來的樣子，有點失望，但還是勉強自己把該說的話說完。

愣了半晌的小操，終於說話：「我還以為戲演完後，你再也不會出現了。」滿漲的情緒終於潰堤，小操哭了出來：「我要怎樣，才能再見到你呢？」

「我想不出來，怎樣才能再見到你。」

不敢相信自己耳朵的雨卿，望著小操，直到小操的眼淚落下，才像是燙到他地那般驚醒過來。

他往前跨了一大步，急急對她說：「我會來找妳的，一定會來的啊。」

不知道該怎麼安慰這個哭泣的心愛女孩，雨卿看到她的肩膀起伏，無所適從，只能拍了拍她的肩膀，似乎藉此可以給予什麼樣的安慰一樣。

小操的心裡翻滾著。

「來，手要這樣拿著扇子。」

「腰要下去一點，但是上身不能彎曲。」

許多個夏日午後，他們一起練舞，流汗的雨卿，從不喊累，悶熱的空間，總讓她聞到若有似無，帶著一種藥品味和油墨味的汗息。

有幾次，他們的身體幾乎接觸在一起，有時候碰到手，雨卿常常是有禮地道歉。

最後的那次練習，雨卿轉身時，碰撞了她，讓她跌倒在榻榻米上，那是唯一的一次，他急忙伸出了手，將她扶起來。

他們的手握在一起，卻又急忙放開。

雨卿又道了歉。

哭泣中的小操，投向雨卿的懷抱，緊緊擁住雨卿。

幾乎是同時，雨卿伸手摟住小操，感覺到她微顫的身體。

兩人的心跳聲猛烈，震耳欲聾。

台南共勵會的種種活動，不僅是文士劇大獲好評，黃欣倡導的台陽中學提案，也同時進行。雖然校地還在物色中，但是學校的建物藍圖已經請人設計中。

黃欣原先規畫要設立日夜間部並行，但是在考量日本本地的夜間部招生不易，學生也比較不能堅持到最後的情況下，只能放棄夜間部，先設立日間部。他們已經計畫好師資，要聘請帝大畢業生來任教。黃欣已和台南州的片山三郎知事先會面過，知事對辦學一事表示贊成，也應允會在文教機關積極推動。

黃欣認為，這間學校的設立需要日本文部省的支持，因此在昭和三年前往日本訪問文部省，並參觀日本國內著名中學校，學習學校的經營方法。

計畫十月出發的黃欣，儘管自己的消渴症嚴重，兒子也因為流行性感冒發高燒，也不放棄日本之行，他明白，如果就此延誤，可能設校又需要再延一年。

「台灣人的教育，片刻也不能耽擱。」

儘管此趟日本之行受到台南在地報紙的《台南新報》大力讚揚，然而黃欣的訪問之行卻不見得順利。

幾個友人聚首在固園，聽黃溪泉談起最近收到黃欣的來信。

「他去拜訪了幾位重要人士，像是前任台灣民政長官下村南海、前任的總務長官賀來佐賀太郎，這兩位同意，若是台陽中學成功設立，他們願意擔任顧問。」

黃溪泉將壺中的茶倒入茶海，一邊說：「可是拜會文部省的行程就沒那麼順利了，督學官和課長還好，那個姓武部的普通學局長，讓他等了一個下午，不願意出來見一面，要離開嘛，又擔心失禮，不離開，又覺得自己委屈，心裡真是不好受。可憐啊，我這個兄長，一輩子沒受過什麼委屈，為了一所台灣人的學校受到這種對待。」

黃溪泉嘆氣，也搖搖頭。

幾位友人也抱不平。

「從信中看來，要邀請以前的官員助陣似乎不難，大家都需要有露臉的舞台，況且，辦學校也不是什麼壞事，但是如果涉及現任的教育當局，情勢似乎就複雜了一點，他們大概覺得，台灣人只要有一所台中中學校就夠了吧？」

黃溪泉看來有點落寞。

「雖然正式的學校設立不順利，可是聽說最近的『共勵義塾』，運作得不錯，不是嗎？」有人替黃溪泉打氣。

「是啊。最近還加入了博物科的教程，請的就是這位王雨卿先生，來教這些失學的學生有關於新式教育的科學知識。」黃溪泉以手勢邀請坐在一旁的雨卿：「雨卿先生，你來說說共勵義塾的運作狀況吧。」

被點名的雨卿，放下手上的茶杯，坐直上身：「受邀去共勵義塾授課，是我莫大的榮幸。先謝謝黃先生賞識。」

黃溪泉請他繼續說。

雨卿首先解釋，明治三十年五月八日決定國籍去留期限後，在限期屆滿前申報為中國人，或者是一時舉家內渡中國而於限期屆滿後，再返回台灣，但未申報願為日本臣民的人，亦或是之後才由中國來台的人，日本人稱之為支那人，一般稱之為「華僑」。

「這些華僑，絕大多數是文盲，也不會日語，無法進入公學校讀書。所以共勵義塾，就是吸收這些人，後來也包括了台南地區失學的人，教的就是公學校六年的課程。」雨卿說。

「這樣很有意義，可以提供失學的人讀書的機會，跟辦學校的意義是差不多的。」有人說。

「共勵義塾是設在文昌祠西邊的奎樓書院裡面，文昌帝君掌管的是以前讀書人的考試功名，現在，新式教育已經沒有科舉了，文昌祠也就不太有香火了，可是義塾設在這裡，也有另一種意義。」雨卿語重心長。

黃溪泉頷首：「我們還計畫要讓卒業生有卒業旅行，去登山或是遠足，讓他們跟我們的土地更親近。」

眾人便開始討論遠足的地點何處比較好，氣氛熱烈，嗑瓜子的聲音此起彼落。

「那麼，文士劇的表演，下一次要安排什麼劇目？」也是大舞台股東的蔡祥問。

蔡祥投資了丹桂社，也看好文士劇，基本上只要有票房，他都願意安排時間上演，有時，如果大舞台時間不許可，也能協助移到宮古座上演，只是宮古座的榻榻米設計，台灣人實在坐不習慣，因此還是以大舞台為首要考慮。

「這就要問問鄭明了。」黃溪泉探頭看向後排座位。

「我們計畫要以中國劇作家田漢寫的《火之踏舞》來改編，這部劇在上海大大賣座。」鄭明說。

「把電影改編成文士劇？聽起來滿有趣的，改天我去看看你們排演，來安排時間上演。」蔡祥笑著說。

「這次，王先生還要上台嗎？你主演女主角的《復活玫瑰》和維特的愛人綠蒂，大獲好評，大家很讚賞呢。」鄭明藉機邀請雨卿。

雨卿連忙回答：「最近學校事務實在很忙碌，可能沒有時間加入演出了。」

「真可惜，王先生的女裝扮相，實在讓人難忘。」

身邊一些看過他主演戲劇的人，點頭表示贊同。

「不管是《復活玫瑰》的林秀雲，或是跳扇子舞的綠蒂，王先生都演得很好，看得出來下過工夫。」

雨卿苦笑以對。

「最近，歌仔戲人氣還是很旺喔？」黃溪泉問蔡祥。

「旺喔。可是題材還是被人嫌到不行。奇怪的是，越是被批評的劇目，觀眾愈愛看，這些讀書人跟一般觀眾真是天差地別。」蔡祥笑起來有一股掌櫃的精明之氣：「可是只要把題材改一下，這些讀書人認為是新創的題材，就會欣然同意上演。所以啊，我請了一位也是南社詩人的洪鐵濤來幫丹桂社寫歌仔戲劇本。」

「洪鐵濤？」黃溪泉搜尋著腦中的記憶：「我記得他家是在開漢藥房的，是在草花街嗎？」

「是啊，就是那家永順隆。」

「他是不是也加入了春鶯詩社呢？」有人問。

「是啊。」能請到詩人來擔任歌仔戲的編劇，蔡祥不無得意。

「台灣人愛看戲，可能是一種天性。」黃溪泉笑著說。

「可能愛錢也是一種天性。」蔡祥回答。

眾人為這樣的趣答大笑起來。

歷史沒有記得那日談笑時流動的輕鬆快樂，就算是有點凝滯不動，但仍有一些企盼和希望。

黃欣訪日回台的隔年，一心以為已經與總督府達成了默契，畢竟，總督三次向他表示對此案的贊同之意。然而，等他到總督府內務局及文教局商議設校許可，相關當局都以「調查中」迴避申請，使得原本四月要設校的計畫，延至六月，甚至九月，最後遙遙無期。

文教局在這期間，三番兩次明示暗示，雙管齊下，要求黃欣把設校的請願收回，但是黃欣始終沒有答應。

昭和五年（一九三〇），設校申請正式被駁回，教育當局表示，台南沒有增設台陽中學的必要，也認為私人興學難上加難。

不僅官方對於黃欣辦學加以阻撓，事實上，樹大招風的黃欣也並未受到社會的全面贊同。他這樣感嘆過社會局勢：

吾輩不關公益事，人譏為涼血動物，一出活動，又被群小所妒視，笑啼皆罪，令人灰心社會。

這晚，文教局寄來的撤回通知攤在桌上，黃欣心裡既憤怒又無奈。站在書房裡，黃欣意識到無論多麼努力，只要自己還是台灣人，就無法脫離殖民地的悲哀。歷數自己這幾年投資日本人的生意，無論是電機器具、製紙、自動、製鹽、製帽，雖然大有獲利，也並非全然一帆風順。日本人不讓台灣人的商號使用「會社」登記，規定台灣人組會社組織，就必須有日本人參與，台灣人只能掏錢出來投資，永遠不能成為實際經營者。黃欣在這些折衝翻轉中，需要付出多少精神與時間去面對棘手的問題，個中甘苦只有自己知道。

在需要黃欣支持時，日方給予禮遇，然而等到黃欣想藉此優勢來達成目的，局勢又惡狠狠地給了一記悶棍，提醒著客觀環境的險惡。黃欣有一種徒勞無功的疲憊，以及腹背受敵的恥辱感。

他回到桌邊，在書案上寫下了這樣一段話：

最近之余，潦倒已極，不揣固陋，妄言社會奉仕精神，而提倡私中，不審時勢。熱血已枯，壯心盡死，從此人間，唯學信陵君之婦人醇酒，了此殘生耳。

第五章

泅泳・紅蝦

當製糖工廠開始運作，周遭附近的店街，都能隨著風向聞到糖蜜的濃郁香氣。而站在麻豆任何一處，只要抬頭，就能望見冒煙的大煙囪。

位於麻豆的糖廠，是明治三十九年設立的明治製糖株式會社，這是新式糖廠的規模，然而，在日本還沒來之前，盛產甘蔗的麻豆、蕭壠、曾文溪流域一帶，是以糖廍作為製糖的據點，牛隻則是榨取甘蔗汁重要的家畜，榨出的甘蔗汁，經過五道鍋爐的熬煮、淨化、冷卻，依顆粒完整、糖粒的潔淨度，分為漏采、卡板、中斗、上斗的等級，價格也有所不同，這些糖主要是向對岸清國輸出。

日本正式統治台灣後，官方發布《台灣糖業獎勵規則》，日本本地的財團以大量的資金、新進的設備，破除傳統的產糖方式，將製糖帶往現代化的量產事業。麻豆原來也有廍主、保正等較有財勢的人於明治三十六年（一九〇三）組成的麻豆製糖，但也在日本的新式製糖廠導入後，由明治製糖株式會社併購。

對於小操來說，坐火車從台南市出發，從火車上看到糖廠的大煙囪，下車時聞到濃重的糖蜜味，就是回家的車票券。

佐伯家住的麻豆市區，是大正九年（一九二〇）市區改正的區域，這次的市區改正，將S字型的舊街道，改成了一個大「十」的字型市街。

推開門，首先出來迎接的是下女梅子。

梅子是母親後來喚她的名字，梅子來的時候叫阿梅。

梅子的爸爸在糖廠工作。雖然說在糖廠工作，卻不是一年到頭都有工作。製糖廠工人的薪資比其他類的工人要優渥，但是製糖廠的規模大，需要的工人也有淡旺季，若製糖量高的時節，需要大量的季節工，每天一大早便有人聚集在糖廠外面排隊領牌仔，等候自己被叫進去工作。

「這種工就叫做牌仔工。」梅子說。

對於梅子有時會以台語說明她要表達的意思，小操是不太介意的，但是父母親聽到這些字詞，總會皺起眉頭，不耐地要梅子把話講好，不要把土語帶進來。

梅子總是畢恭畢敬地回答：「是」。

這幾年，梅子的日語越來越好，出現土語的機會越來越少。

有時候，小操會覺得自己家，和外頭的世界是完全不相連的。尤其新年時期更是如此。

過年時，母親依慣例做了年糕湯，大家坐在一起團聚。然而新年期間，外面的市街，熱鬧又喧譁。

父親曾帶著孩子上街去看過幾次。童年時，只感覺熱鬧滾滾，大家活力十足，後來經過梅子介紹，才知道那叫做「迎暗藝」，或叫做「十八嬲」。

傳說這個活動起於元宵夜時，關帝廟的關聖帝君依慣例出巡於頂街及下街，路旁兩側的居民擺設香案膜拜，當鑾駕回殿後，玩得不夠盡興的頂街人們，興起組隊，一路上吹嗩吶打鼓，順著關聖帝君巡行的路徑，一路到下街的媽祖廟，向下街下戰帖，挑戰比暗藝。隔天夜裡，下街的人也不甘示弱地成群結隊，擺陣以待。

於是兩處的人每夜交互輪流挑戰，由原先只有敲鑼擊鼓的活動，擴展變為搬出舞龍舞獅、宋江陣、八家將，最後連南管、北管等等都出場了。

梅子的爸爸參加的十二婆姊陣，後來也出場。

這個婆姊陣，是麻豆特有的陣頭，小操看過幾次，對他們靈活、放肆又大膽的肢體動作印象深刻。

全由男性扮演的婆姊，共有十二人，還有一個婆姊囝，大家戴上誇張的面具，一手拿搖扇，一手拿紙傘，搖擺身體，扭動腰肢，婆姊囝到處掀婆姊的衣衫，喊要吃奶，婆姊則以扇子輕輕拍打婆姊囝說：「我毋是恁阿娘。」

加上隊伍後面有人敲鑼，有人打鼓，有人舞鈸，氣氛熱烈，偶爾也有遊手好閒的男人，也加入掀衣找乳的行列，惹得大家哈哈大笑。

佐伯留雄覺得這實在太不合乎禮儀，看過十二婆姊陣後，就不准孩子再上街去看陣頭。

儘管排拒他不喜歡的台灣舊慣，但是佐伯留雄卻對一樣台灣特產的東西無法忘情，那便是一年一次，在秋天時節才能吃到的文旦。

他讀過伊能嘉矩的調查報告⑬，麻豆的文旦種最初是由安定里西堡鄭拐庄的黃灌由漳州帶進來的。道光末年，麻豆的米商郭藥以兩斗米換兩顆文旦回家試吃後，栽於自宅前，結果文旦果的品質比安定的還好，後來他的兒子用燒窯的壙土包裹文旦苗的植法，大量種植栽培，進而擴及全麻豆。大正時期，郭家早期栽培的六棵文旦樹被選為「御用文旦」。警察每年結果時期，便會來點算果實數量，全數交由總督府，轉獻給日本天皇。

就算吃到的文旦不是「老欉」的文旦果，佐伯留雄已經覺得這是天下美味。況且，每年送來給他的文旦，也絕非次級品。

⑬ 伊能嘉矩（1867-1925），岩手縣人，日本人類學家、民俗學家。一生致力於台灣原住民人類學的研究。

這種水果，讓他想起故鄉。

以往母親也喜歡吃柚子。吃完之後，將柚子皮悉數留下，切成細碎狀，以日光曬乾，然後再混入鹽裡，母親烤魚時，喜歡糝上一點。在白魚肉上若有似無的柚子香和鹹味，是他最美好的童年回憶。

但不知道為什麼，當他如是要求妻子用文旦柚來製作柚子鹽時，妻子曬出來的柚皮，全然沒有柚香，反之，有一種帶著鹹味的土氣。

「應該是台灣人喜歡曬菜脯害的。」他想。

午後的空氣中，總是瀰漫著曬菜豆、菜乾、菜脯的氣味，讓已經炎熱的天氣更濕鹹，揮不去的暑氣。

回到房間的第一件事，小操把蝴蝶標本小心從包包裡取出，放在書几上。

本來打開的盒子，因為一陣風從廊緣吹來，脆弱的蝶翅有點震動。

她連忙把盒子蓋上，擔心蝴蝶標本被風吹壞。

覆上盒子的手，在午後斜斜從室外照進來的陽光下，有著豐潤的色澤。

雨卿曾牽著的手。

小操憶起那日竟主動投入雨卿懷裡的大膽，忽然臉紅。

那日之後，他們加倍親近。

然而，親近代表的是更多的阻難。

雨卿只認識那個教導他跳扇子舞的佐伯先生，並不知道，當自己伸出手來，還用力地伸展手掌，以讓她拿取紙盒可以不必碰到他的掌心時，她已經準備要擁抱他。

麻豆郵便局局長，麻豆街協議員。雨卿想起小操談話中所出現的名詞，不禁苦笑。一個日本籍的公學校先生身分，已讓他在博物科研究室內，每每思及兩人的未來，便來回踱步苦惱不已，何況她還有這樣的家庭背景？

他只是一個窮困的本島子弟，只是師範學校的博物科助手。

小操紅著臉，在雨卿不經意問起後，喃喃說起自己的家庭，那樣的態度讓雨卿知道，她一樣擔憂兩人的未來。

但是擔憂的小操，抬起堅定的雙眼看著雨卿：「我一點都不擔心，我相信我們一定能在一起。」

採了一隻美麗的蝴蝶送給她，當作一個承諾，可是雨卿不願意接下來的人生就像蝴蝶標本一樣，只能觀看，不能自由在天空飛翔……

雨卿坐在研究室內，忽然聽見窗外的雨聲。

不知道，麻豆是不是也正在下雨呢？

梅子上街去買菜，依照夫人的意思採買食物，還要特別繞到郵便局替小操小姐寄信。小姐特別吩咐，不要讓父母看到。

在郵便局寄出信，梅子轉出路口，看到了背著工具走過的柳得裕。

柳得裕看到梅子，停下腳步來，兩人不知該對望還是交談，有一會兒尷尬。

柳得裕終於開口：「來買菜？」

「是呀。」梅子試圖想讓聲音清脆一點。

「我要來買鱉。」柳得裕說。

「鱉？」梅子有點驚訝，畢竟，鱉不是便宜的食物，目前也不是什麼節慶，怎麼會買鱉？

「我師娘叫我來買，說要買一公一母，在水缸養著，讓我師父補眼睛。我師父做彩繪，很傷眼力的。」彷彿看出梅子的疑惑，柳得裕這樣說。

動。

「喔，是這樣。」

柳得裕簡短提到目前正在後壁地區，跟師父一起做彩繪。

梅子則說，自己仍在佐伯家幫傭。

彼此點頭示意後，他們各往自己原定的方向前進。

往前走幾步，梅子轉頭看著柳得裕，他背後的工具袋隨著腳步的移動，一上一下地晃動。

他們從小是住在頂街的鄰居。

柳得裕的父親是製作鼓仔燈的師父，除了製作竹篾箍成的燈型骨架，他的工作就是在各色的鼓仔燈上畫上各式的圖案，加以著色。鼓仔燈分成泉州式和福州式兩種，泉州式呈現長桶狀，形狀固定，福州式則為球型，燈體如傘可伸縮開展，也叫做「傘燈」。

如果有人辦喜事，來訂新娘燈，都是一對，那就是大筆生意，買家通常會多賞一點錢，當作沾喜氣。但若遇到喪事，直接糊上白紙，買家只會買一個，以免歹事成雙。

他們從小玩在一起，在柳得裕父親的顏彩裡度過了童年。

日本人來了以後，訂做傳統鼓仔燈的人少了，反而是日本式的鼓仔燈開始流行。日本的鼓仔燈種類很多，丸型、長型、弓張型，是一年到頭掛在室外的，紙要厚、竹型要堅固，台灣的鼓仔燈師傅完全做不到日本人的要求，這個行業逐漸式微，日本人渡台來開的鼓仔燈店反而大行其道。

柳得裕的父親原本計畫牽成喜歡畫畫的兒子繼承自己的手藝，但是眼見這個行業漸漸沒落，他得替自己的兒子找一條新出路。

他決定讓柳得裕去跟矮仔師學家宅彩繪。

本為黃姓的矮仔師是麻豆地區最有名的彩繪師傅。他時常謙虛地說，自己是跟在從唐山請來的師父旁邊偷學的，但是請他去彩繪的人家都稱讚，他的彩繪手路，不會比唐山來的差。

公學校畢業後，經過正式拜師，柳得裕成了矮仔師的徒弟，同時間，矮仔師有三四個徒弟。做人徒弟，學這門功夫要有覺悟，修業三年四個月前，師父的技巧要學起來，不然，最多只能做個「油司」，幫忙漆底色或打底而已。

矮仔師底下，就屬柳得裕手最巧，最有天分。

梅子記得，小時候的柳得裕就能用女孩染指甲的鳳仙花汁，替父親調出特殊的顏色，讓父親畫在純白的燈紙上。

溪畔的長葉，經過柳得裕的手三兩下拗折，就變出一隻栩栩如生的蚱蜢——壓一下它的尾巴，竟能蹦跳幾步。

小時候的梅子也喜歡畫畫。儘管貧窮，沒有多餘的紙可以畫圖，她常撿拾柳得裕的父親用剩的紙頭來畫。廟裡的觀音，是她最喜歡畫的人臉。

母親看到她畫的小面畫像，覺得很細緻，但是一種憂慮立刻湧上來。

「畫這個沒有用，只會餓死。」

「做女的，可以去畫門神或是觀世音菩薩嗎？」父親隨即不耐煩地叫背著弟妹的她，去做更多家事。

但是，所有的顏色都讓梅子著迷。每每看到天空，她常想，究竟要用什麼樣的東西，才能調出那深淺不一，帶有白雲的天藍色？

如果是柳得裕，大概就知道吧？就算不知道，他也能跟師父學。她想。

初拜師，輩分最小的柳得裕，除了要料理師傅家裡的大小事，還要負責許多瑣碎的雜事，聰穎的柳得裕明白，這些他被驅使去做的小事，往往是重要技術的開頭，所以他認真做好每件師兄交代的事情，然後在一邊靜候，等待時機。師兄們等他把火生好後，便把他趕到一旁去，不讓他看接下來的手續。

柳得裕知道他們在煮油。儘管被驅趕到一邊，柳得裕還是偷偷看，偷偷學。矮仔師買進白油後，沒有直接使用。無法進行彩繪工作的雨天，或閒暇時間，不待師父吩咐，師兄們自己會煮白油，這是「學師仔」的一門大學問。

師兄將整鍋白油端上火嘴，然後在一旁專心顧火，觀察白油的狀態。之後，視情況陸續丟下幾塊膠，炸到膠塊在油中縮小變皺，將這些變成褐色的殘渣撈出來，就成為矮仔師要用的基本油料，起鍋時，油色清澄，如同透明的液體黃金，師父叫這種煮完的油「明油」。

同樣是白油，但煮煉的時間不同，變成不同用途的油，他看過矮仔師在不同的場合用上不同的油。

天還沒亮，去豬屠口提豬血，也是初入門的徒弟要做的事，豬血不比清水，又重又沉，柳得裕必須走上很大的一段路，到市郊去等現殺現放的豬血，然後以最快的腳程趕回來。

提回來的新鮮豬血，已經有點凝結，師兄用稻草又搓又搗，把凝結的血塊攪回液體狀，然後過篩，倒入另一個桶。接著，師兄將手伸入桶中，一直在桶內攪拌，攪拌到桶內的豬血呈現發泡、濃稠的狀態，空氣中瀰漫著鮮血的氣味，師兄的手臂沾滿黏稠的紅色鮮血，像是伸手進入豬的體腔掏內臟，一樣的血腥。另一個師兄把過篩的石灰倒入豬血，混合均勻，蓋上蓋子，放在牆角邊發酵。

幾天後，師兄將蓋子掀開，首先飄出一股惡臭腥味，沒有以手臂遮住鼻子的，就是剛入師門的「菜鳥仔」。探頭看向桶內，當初混入石灰的豬血是鐵鏽色的，此時，桶內已變成青綠色。這時候，加入煮好的明油和灰料，就成為師兄口中的「豬血灰」。師兄站在支架上，用這種豬血灰修補木頭柱上的裂縫或蛀洞。

做學徒的柳得裕，身上常有大小傷口，最痛的一次就是調灰泥的那次留下的。師兄把石灰和水調勻成石灰漿後，將剛煮好的油倒入，結果騰起大量的水氣煙灰，旁邊的柳得裕閃避不及，手背被燙掉一層皮。但是誰也沒有閒工管傷勢，因為必須把握時間不讓石灰結塊，立刻攪拌，讓明油與灰漿充分混合，變成黏糊狀。這種灰泥在木頭上打底用，敷上灰泥後，把麻紗布批在木板上，再上泥，層層疊疊，讓木頭面平整，好讓師父作畫。

這些基本工做完後，是師父親自上陣作畫的時刻，學徒們迫不及待想靠近一點看。但是柳得裕還沒到能在一旁觀看的輩分，只能忙著幫師兄們打雜。

柳得裕常常私底下去探看師父畫好的彩繪，筆畫精緻，在顏色與顏色之間，師父好像是以手指來來回回抹觸，暈出了朦朧而漸層的色彩層遞。垛頭上的人物，鬍鬚飄逸，神情自然，讓觀賞的人心情舒坦、平安。

師父說過，家宅彩繪不比紙上作畫。紙上的畫是平面的，用的是線條帶動，但是畫在堵頭、柱上的畫，觀賞的人是仰頭看的，因此必須顧及觀看的角度，作適當的調整，才不會讓站在下方觀賞的人，看到的人物比例不對，或是看到的人物斷頭斷手，又或是象徵吉祥所畫上的東西斷線、不連續。

就著昏暗的月光，柳得裕小心攀上竹架，仔細觀察畫在高處牆上的人物，好像讀到了師父心裡的祕密。閉上眼睛，他回想日間進行的師父許多動作的連貫性和意義。

師父先要師兄爬上去量堵頭的大小，裁出一樣大小的米紙，然後對摺，在其中一半的紙面以柳枝炭筆畫上圖案，然後把紙按上木面，柳枝炭的痕跡便印上去。另一半木面只需要打開米紙再複印一次就可以。

然後，師父會叫其他的徒弟，用細針沿著柳枝炭筆的線條刺出一個一個小洞，洞不能太大，也不能太小，整齊連成線。接著將紙鋪上木面，刷上佛青粉，打稿的圖案便清楚呈現在木面上。之後，沿著粉跡，以黑色細墨描線，大致的輪廓就出現了。

接下來的「貼金」，是柳得裕最著迷的部分。貼金的膠叫做「金燭油」，也是從白油煉成的。在工作結束之前，把需要貼金的部分先刷上金燭油，然後大家就能先收工，因為金燭油需要等待一晚的時間。

隔天一大清早，搶在還有黏度的時候，貼金的時機最好。手捏著金箔，在裝盛了米酒的碗裡來回過一下，使得黏在襯紙上的金箔比較容易分開，接著就用刷子把似乎還在空氣中發出細碎的金屬聲音的金箔轉貼上去。金箔軟薄飄柔，在師父粗糲又厚實的掌間，瞬時貼至木面上，再用刷子撫平。這個動作要一氣呵成，不能遲疑，也不能耽擱，否則金箔會出現縐褶，不美觀。

接下來幾天，就是師父和師兄合力進行的填彩。柳得裕曾經有疑問，為什麼師父用的顏色，只有幾種：白色、墨色、綠色、黃色、紅色而已？明明師父筆下的世界，刻劃了那麼多的故事。當他問師兄這個問題，師兄不屑地回答說：「就只有這幾種色，不滿意的話，你應該改去跟日本人學畫圖，不是來學彩繪啦！」

幾個師兄聽到後，一起放聲大笑。

師兄的挖苦和訕笑是什麼意思，他是知道的。

公學校時期一起玩耍、讀書的同窗胡奕垣，與他一樣喜歡畫圖，後來考上了台南師範學校的公學校准教員養成講習科，成了公學校的先生。胡奕垣讀書期間，愛上了東洋畫。他邀請柳得裕去家裡參觀。

「許多顏色是從台北買回來的，比較稀有的顏色甚至是從內地託人家帶回來的。」胡奕垣指著桌上的顏料，帶有驕傲。

柳得裕看著沒有出現在房宅彩繪的系列顏色。綠青一排分別是淺色帶有珠光的綠、濃重鮮豔的墨綠、像是吸收了一整個夏日陽光的翠綠，還有紫，像茄子的深紫，如櫻花般的淺紫，如少女笑靨的粉紫……讓他目眩神迷。

胡奕垣摸著顏料瓶：「有些是礦物提煉出來的，有些則是土質的顏料，都非常昂貴，我也不知道自己能這樣畫多久，但就是這樣迷上了……大半月給都給了東洋畫的材料啊。」

柳得裕想拿起其中一瓶來看看，卻怎樣也沒有勇氣伸出手。連成長於衣食不愁的家庭的胡奕垣都覺得貴了，更何況是這樣出身的自己？

貴到如同「金仔角」的顏料，裝在透明的瓶子裡，他充滿厚繭，粗黑的手掌若伸出去，會破壞這樣一幅寧靜的美景。

他知道那不是自己這樣的人可以觸碰的東西。

那次與胡奕垣的見面，他知道了一件比顏料更重要的事。

「日本內地，管教育的叫文部省，另外還有『帝國美術院』，直接掌理的是國家級的美術展，官方的展覽就由它主辦，所以名稱就叫做『帝國美術院美術展覽會』，我們都叫帝展。」胡奕垣帶著讚嘆的神情說：「如果作品能入選帝展，那就表示你是有前途的藝術家了。之前，已經有台灣的黃土水的雕塑，入選帝展了。有朝一日，我也想讓我的作品入選。」

「帝展。」柳得裕默念在心裡。這個字詞的日文發音，與廟宇的「帝殿」如此相近，像是神聖莊嚴，不容碰觸的地方。

「但是，現在也有由台灣教育會主辦的台灣美術展覽會，叫做台展。它只有展出東洋畫和西洋畫兩種。因為東洋畫的材料實在太貴，有許多學生是因為家裡無法供應材料才放棄，轉而去學西洋畫的。」胡奕垣說。

「西洋畫是什麼畫？」柳得裕很好奇。

「有用水加顏料畫的水彩，也有油加顏料畫的油彩。」胡奕垣答道。

「油彩？」柳得裕不禁苦笑。人家西洋畫是油加顏料畫，自己不也是鎮日煮油、攪油，拌色，怎麼聽起來同樣的步驟，人家畫的就是油彩，自己就是油司？

然而，有一個念頭突然撞進了柳得裕的心裡。

「胡仔，」他以幼時的暱稱喚胡奕垣：「你可有什麼油彩作品可以給我看一看？」

「有啊。」胡奕垣轉身到書桌邊翻一翻，拿出一個木框。

「我們上過油彩課，油彩是畫在布上的。」他遞給柳得裕。

柳得裕接過來，類似拌白油時的氣味襲上他的鼻間，那是熟悉的氣味。

他湊近畫，仔細查看，發現布面平整，似乎是先刷上底色，再繼續後面的創作。加了油的顏料，色彩竟和家宅彩繪的色澤如此相似，只是畫在柱子、牆面、門板上的彩繪，沒有那麼多鮮豔的顏色可使用。

矮仔師心情不錯時，一邊畫會一邊指點身邊的徒弟。壽梁彎弓處，他矮仔師自己有個巧思，讓展開的書卷正好停留在此，不會產生畸零的空間無法處理。

「家宅嘛，福祿子壽，吉祥、如意、平安，往這些方向去設想，就能設計出讓客人滿意的構圖。」矮仔師這樣說。

現在，在柳得裕眼前鋪展的是繃上木框的畫布，平整、空白，可以讓他把心裡想畫的，畫出來，不必顧忌這是別人家要住的房子。他實在畫厭了那些傳統的圖案，這個油彩，可以描繪他看到的世界。

矮仔師稱讚過柳得裕的手，因為他爬上再高的竹架，在屋頂繪圖也不會抖動，此刻，捧著油彩的手卻因為一種漫過身體的驚喜發現，而微微顫抖。

「畫的是我家的後院。這叢樣仔樹，你還記得吧？」胡奕垣問。

「當然記得，真甜的樣仔。」柳得裕心不在焉。

油彩的右下方，以紅色油彩簽上了「奕垣」。柳得裕心想：「其實匠師並沒有不同，都需要簽上名字表示這是自己的作品。只是施展的地方不一樣而已。」

矮仔師在自己的故鄉麻豆畫的彩繪，署名是「進生　作」的字樣。柳得裕看到師父以完滿和自豪的筆觸，拿起師兄遞過來，沾滿濃墨的毛筆瀟灑簽上字號，「有一天，我也要在牆上簽下自己的名字。」柳得裕這樣想。

捧著油彩的柳得裕心裡，暗暗下了一個決定。

已經躺上床的雨卿，輾轉反側，最後一躍而起，坐回書桌邊，點上油燈，把今天收到的資料再拿出來看一遍。

《台灣博物學會會報》。這是牧先生以前最為期待的一份期刊，每次拿到都忍不住快點拆開來讀，讀完後就會給雨卿讀。

「全台灣最傑出的博物學者，都會在這份刊物發表自己的研究。」牧先生的眼睛發亮：「新渡戶稻雄在裡面發表過他來台灣後整理的〈昆蟲番名集〉。因為來到台灣這個新天地，所有的事物都是新鮮的，雨卿，你要不要以整理資料為起步，就從你喜歡的蝴蝶做起，發表一篇論文如何？」

雨卿回想起恩師的表情，異常懷念他。

不知道牧先生有他作為終生志業的動物研究為伴，會不會減少一點妻子過世的孤寂和蒼涼？

牧先生離開台南前，對替他打包行李的雨卿說，自己不帶走的書，全部留給他。這席話，讓一直在牧先生的書堆裡打轉的雨卿，高興到說不出話來。

「川上瀧彌先生⑭，雖然是植物的研究者，但是他特別喜歡台灣的蝴蝶。」他把一疊《昆蟲世界》抽出來，交給雨卿：「總督府國語學校的教授永澤定一，專門跟他合作，協助他捕捉蝴蝶標本。」

雨卿拿到期刊，依先生指示與他一同坐在桌邊。

「川上來到台灣後，很快就升上農業試驗場的植物病理部長，總督府決定要建設博物館的新館後，就命他做第一任館長，規畫所有的事務。說真的，這個來自山形，從札幌農學校畢業的川上，做事情是絕對拚命的。」

牧先生替雨卿將他手上的書冊翻到某一頁，他的精準讓雨卿了解，這些資料，他讀到滾瓜爛熟。

「這樣算起來，第一個研究台灣高山蝶類的人，應該就是川上。隨後，他還陸續發表過李棟山的蝴蝶研究⑮。」

牧先生替雨卿倒了一杯茶，隨即拿起自己的茶杯啜飲一口，滿足地嘆了一口氣：「沒多少人知道，川上啊，親口對我說，他小時候曾經因為骨頭病變，住院住了快一年，動也不能動，所以他的腳是跛的。可是以這樣的身體，他還是登上了新高山，為的就是能親自看到他喜歡的蝴蝶。」

雨卿明白牧先生的意思。

牧先生回內地去後，雨卿遍讀有關蝴蝶的資料，隨後決定要以故鄉為範圍，將這個地方的蝴蝶目錄整理出來。

他參考了其他人整理動物類目錄的方式，把他手邊數量龐大的資料整理好，寫成了論文，先寄給人在京都的牧先生過目。

牧先生讀完後，把握時效，直接打電報給他：「完璧⑯。」

---

⑭ 川上瀧彌（1871-1915），現今之酒田市人，札幌農學校畢業，日本植物學家。奠定台灣植物學的研究基礎，並致力於有用植物調查事業，明治四十三年，川上發起創立台灣博物學會，發行《台灣博物學會會報》。

⑮ 李棟山位於今日桃園市復興區和新竹縣尖石鄉的交界處。

⑯ 完璧，かんぺき，日文完美之意。

雨卿把論文寄出去之後，開始了漫長而焦慮的等待。雨卿對整套期刊如數家珍，雖然小小一本，但是內容豐富，涵蓋了動物、植物、礦業、地質、氣候、天文、人類等等領域。早期皆是學有專精的博物館發起人的研究，但是後來，投稿者眾，經過審查而能刊登出來，是非常不簡單的事。

雨卿終究接到了通知，告知自己的論文即將刊登，今日就收到了期刊。

翻開書頁，雨卿覺得自己的名字既親切又陌生。

〈台南市附近產蝶類目錄〉。

他再次翻開書頁，屬於自己的這一頁已經因為慣性而微微敞開。

雨卿想再確認一次，這究竟是不是夢。

他闔上書冊，將白紙拿出來，打開墨水，拉開萬年筆的筆蓋。他想寫一封信給小操，在麻豆的小操。

拜啟

寫信給妳的時間，應該是睡眠的時間，可是我竟然失眠了。今天，收到了《台灣博物學會會報》，裡面刊登了我整理出來的台南市地區蝴蝶目錄。這樣的榮譽首先要感激牧先生的提醒和指教，然而我也想跟妳一起分享這樣的時刻。

不知道這樣的炎熱，妳是不是能夠忍受？請多加珍重身體。

另外，我也想告訴妳一件事，在妳離開台南，回麻豆之前，妳說，我們一定能找到方式，一直在一起，長相廝守。如何能辦到呢？我一直想著。但是我一定要給妳幸福，爭取和妳一起面對這個世界的機會。不久之前，我以為我能在師範學校當牧先生的助手，這已經是最大的幸運。但是連牧先生都勇敢去追求他想要的學術人生，回到學校重新受薰陶了，我又怎能以此為限？更何況，我的人生還有妳。

於是我決定，我要再次報考文檢動物科中等教員的資格，至少，我應該能與妳一樣優秀，才能大聲地說，我想要爭取我們的幸福。

小操，要有信心，我會為妳而認真、努力。

另外，我也不會放棄我的研究。因為妳，萬物都對我起了意義。妳是我最美麗的蝴蝶。

摺好信紙後，將信放入信封，雨卿猶未有睡意，準備翻開自己的筆記。

結束了蝴蝶的目錄整理，牧先生給了他一個任務，研究一種他臨行前產生極大興趣的蝦。

這種蝦，和稱為ウシエビ的草蝦、以及稱為ヨシエビ的砂蝦時常搞混，差別是牠的紫青色蝦身泛著極微量的特殊橘紅小點。雨卿想，若是研究到可以發表的地步，他要以台語的發音方法把它命名為アンヘエ（紅蝦），讓世界上所有的人用他的母語來呼喚這個美麗的物種。

紅蝦在安平的運河以及台南附近的魚塭被牧先生發現，他特別將這種蝦先行製成標本，一尾給了水產試驗場的台南支場所收藏，另一尾則送給了雨卿。

雨卿將這管在福馬林裡浸泡的紅蝦拿起來觀察，仔細將牠的外型用炭筆等比例描繪下來，牧先生製作的這隻紅蝦標本，技術高超，並未弄斷牠長長的第二觸腳，維持了纖長而自然蜷曲的弧度。

牧先生的認真和謹慎，再次得到了印證。

這種紅蝦時常泅泳、棲息於近海，優游自得，來自大海。

雨卿想著自己，是否也能有自由來去，溯游自在的可能？

桌上的一疊書驀然喚起了他的記憶。

最近一次到固園，意志消沉的黃欣，將一疊從日本帶回來的書直接給了雨卿。

「本來是想要在學校辦起來以後，用來充實圖書館的，所以按照內地留學生建議，把大家流行讀的書，全部買了一份回來，現在既然沒用，就送給你了！裡面有許多我自己也看不懂的東西，不過現在，倒是沒心情了，請你好好研讀吧！」

失意的黃欣認清了學校不可能設立，加以社會上許多人對他的行事風格不以為然，嚴加批評，他索性把屬於設校方面的資料全部清空，免得讓自己心煩。

雨卿將這疊書挪到眼前，一本一本隨意翻閱，看到了一本書，吸引了他的目光。

露國エスペラント協會會員
長谷川二葉亭著
教科用獨習用
世界語
（エスペラント）
（文法，會話，讀本，字書附）
東京
彩雲閣發行

封面上印的這些字，雨卿仔細看完後，想到自己最初連昆蟲的學名都看不懂，是牧先生借給他拉丁文字典，教他生物學的分類。牧先生語重心長告訴他，內地的動植物學研究，許多人出身自札幌農學校，而札幌農學校深受從美國聘請而來擔任首任校長的克拉克博士影響，很重視美國方面的資訊，英語不可不學。

牧先生翻過《台灣博物學會會報》給他看，在日文的篇名下再附英文篇名，已經是一種潮流，因此雨卿在拉丁文大致上手後，開始學習英文。

但是這本書說的是他從來沒有聽過的一種語言，「世界語」。

エスペラント？翻開書頁，他找到這個名稱來自Esperanto這個字。

彷彿打開一條縫，但雨卿欲罷不能地拉扯，想打開更多，看到更多。讀著，讀著，轉眼天色露出魚肚白。

他聽見附近的家宅木門栓拉開的聲音、搬出木椿的聲音，因為關帝廟在附近，因此武館因應而生，隔壁一條巷，自古以來就是武館聚集的地方，叫做武館街，也是台南人口中武館聚集的「武館窟」。

等等會有吆喝聲、練拳的聲音，陣頭的聲音，熱鬧滾滾，有時，會有筋骨損傷的人上門來求醫，隨著筋肉揉捏、骨頭歸位的推拿，發出的哀嚎。

雨卿與父母親居住的地方，屬於關帝廟祭祀範圍的六條街：竹仔街、下橫街、武館街、大頭街、武廟街、帽仔街附近，靠近武館街的關帝港街。

鄰近人家的圍牆上，曝曬著各式各樣的藥草，準備曬乾後，再以各家獨門的祕方煉成烏黑的膏藥，依藥效不同，或抹或推或敷，但內服，並不是專門治跌打損傷的武館「接骨師仔」的事，那得找以草藥治雜症的「草藥仔仙」，然而無論是草藥仔仙或是接骨師仔，都不是日本政府樂於接受的台灣風情，因此，不時有警察或公醫上門找麻煩，附近的武館因而越來越少，所謂的武館街也越見蕭條。

雨卿倒是喜歡空氣裡有那種植物曝曬後凝聚的氣味，帶點清涼的味道。雖然人家說「讀書不成，相命醫生」，說的是當時這些被視為江湖術士的漢方醫生，在總督府成立總督府醫學校，養成現代醫師，大力推行新式醫學的浪潮下，沒有得到應有的尊重，但是這些各有祕方，自擁一套研藥、調劑處方的傳統，仍是一般民眾生活裡，遇到疑難雜症或外傷骨疾時，很重要的解方。

除了這些，武館每逢關帝廟的節慶，也出來表演武藝和舞龍舞獅，各有各的拳套和武館俗稱「傢俬」的收藏兵器，每個武館各有淵源。這些原本陳列在武館，以顯威風的「傢俬」，在日本人來後，一一受到警察清查，如果有殺傷性疑慮的，全部沒收，幾項重要而獨門的技藝也因此不見。

「喝！喝！喝！」雨卿聽到武館的師父已經帶徒弟出來練拳。等等就把信拿出去寄吧。他這樣想著。

第六章

含蕾・蠹魚

台南火車站前面有許多攤販，賣各式四秀仔，非常熱鬧。雨卿穿著輕便的衣服，帶著簡單的行李，在月台上候車。這次的目的地不是山林，也不是原野海濱，他要去台北。

自從收到黃欣送的書，發現了世界語開展的新世界，雨卿幾乎廢寢忘食學習世界語，他很快發現，這個語言不僅有趣，代表的是一種新觀點、新視野。

沉浸在世界語的雨卿，大量蒐集報章雜誌上的世界語消息，也帶著幾個與他較為親近的台南師範學校學生一起學習。只要他發現報紙上有關世界語的新聞，無論是售書或是成立大會、演講會，他便撥空前往參加。

他一一蒐集在台灣成立的世界語組織資訊，寫葉書⑰去索取他們發行的刊物，一收到便迫不及待召集學生們一起研讀。

最近，讓他更為興奮的是，他收到台北世界語會的邀請，請他一起參與他們籌畫要在台北放送局播送的世界語節目。由於世界語創始人柴門霍甫的生日是十二月十五日，因此他們選定在這天製作世界語廣播節目，一方面向柴門霍甫致敬，另一方面用以推廣世界語。

雨卿算準了學校的放假日，準備前往台北，與大家一同準備廣播節目。這是他首次造訪台北，因此也把握機會，預備要拜訪一些人。

他的行李裡裝著大國督寫給他的信，他將要循線到東門町去拜訪他。

與大國督的緣分，是由牧先生牽起來的。之前，牧先生接到他的來信，立刻回信表示，知道他想再次挑戰文檢的動物科，感到非常欣慰，若有需要協助的地方，要他直接說，他一定會幫忙。他也提到，雨卿現在關注的世界語，已經在日本風行一段時間了。當初他離開農業試驗場，由大國來接替他的位子，他們頗有交情，若是要去台北找資料，他建議雨卿可以去拜訪他。

大國畢業自東北帝國大學農科大學，接替牧先生的位置後，做了一段時間的研究，便辭職前往靜修女學校教書。他做的是儲穀害蟲的研究，除此之外，也受命研究罌粟的害蟲。但是總督府的鴉片公賣制度備受國際爭議，也飽受台灣人批評，總督府的態度後來傾向漸禁的立場。

大國在信中如同向老友傾訴一般地敘述，自己從明治四十一年來到台灣，首先被台灣的螳螂迷住。

「本島人叫這種昆蟲為『草猴』，日文則叫牠カマキリ。這種昆蟲真是迷人，牠的上

---

⑰ 葉書，日文的明信片之意。

半身直立，靜靜地停在草叢，不動聲色。輕如輕紗的長翼，像是天主教女性披戴的頭紗，前臂伸向半空中，就像是對天主祈禱，整隻淡綠的螳螂，極為柔軟的頸部，頭可朝任何方向自由轉動，好像一直保持警醒，隨時等候天主的召喚。真是一種迷人的昆蟲。

「然而，在農業試驗場裡，我被指派研究罌粟害蟲。如果是之前研究的儲穀害蟲，例如綠豆象、條紋豆象、豌豆象、豆象寄生小蜂之類的，我還有興趣，但是研究罌粟害蟲這種事情，違背我的信仰原則。我幾次爭取是不是可以讓我研究其他的植物害蟲，但是大家因為各有盤算，沒有人要讓出自己的研究地盤，因此，我忍痛辭去我喜歡的研究工作，到天主教的靜修女學校教書，這樣也可以有更多的時間侍奉天主。」

大國透露自己正在蒐集資料，準備寫一本台灣的天主教歷史。最後，對牧先生視為愛徒的雨卿表示，來到台北可以住在他家裡。

在萬華車站下車，雨卿依照信件的地址，找到了老松町三丁目十三番地，地點就在法華宗台北布教會的隔壁。他在門邊看到木製招牌，上面以筆墨寫著：「台北エスペラント會」。

一路走來，雨卿約略對這條街有點概念。這是一個滿繁榮的地點，街上有質店（當鋪）、寫真館、旅館和湯屋，也有幾家商店，過一條街，就是老松公學校。

當他走進屋內，裡面正傳來討論的聲音。

「抱歉，打擾了！」雨卿往內喊。

一個男人從榻榻米上爬起身，向外喊：「Saluton！」

雨卿聽到世界語的招呼，心裡湧現一股激動的暖意，馬上回應：「Saluton！」

爽朗的笑聲伴隨男人的身影出現：「你一定就是那個積極學世界語的台南人王雨卿吧？」一邊做出歡迎的動作請他入屋，他一邊說：「我們還在懷疑什麼時候才能看到你呢！」

雨卿很快進入狀況。

這群台北世界語會的成員，已經租下台北放送局十二月十五日晚上六點到七點五十五分的時段，要利用這段時間製作介紹世界語以及創始者柴門霍甫醫師的生平事蹟。

方才出來迎接他的男人杉本良，拿出油印的計畫書遞給雨卿。

「我們計畫了幾個項目，先介紹柴門霍甫醫師的生平，然後是世界語的介紹，接著說明一下世界各國的語言狀況，後面有世界語對話練習單元等等，其他的還需要想想。」

杉本良是個短小精悍的男人，講話速度很快，說話或商量時，總是雙手交叉，模樣看起來像是捧著自己的胸部，與對方交談。

言談間，雨卿掌握了杉本的大致經歷。他由朝鮮總督府的事務官轉任台灣總督府專賣局事務官，做過台灣總督府專賣局菸草課長、中央研究所評議會員、殖產局山林課長、官房會計課長及文教局長等等的職務。這些職務，有的是杉本自己說的，有的則是旁人介紹增加的。無論如何，杉本無疑是台北世界語協會的靈魂人物。

「除了世界語，你知道杉本還擅長什麼嗎？」他身旁的男人說笑似地問。

雨卿微笑搖搖頭。

「他還擅長喝酒！」說畢，全部的人大笑。

杉本縱容大家說笑，一邊不苟同地點點食指。

「他們在挖苦我，」杉本轉向雨卿說：「因為在專賣局工作，所以我受命蒐集資料，為紀念台灣的酒類專賣令實施十週年出版《專賣制度前の台灣の酒》這本書，後面陸陸續續有幾本介紹酒的書出版，他們就這樣挖苦我。」

「說起來，沒有人比杉本更懂酒，現在要來推行世界語，也沒人比杉本更用心。」剛剛說笑的男人正經起來說，順便還提了幾本杉本寫的書，像是《洋酒の話》、《清酒其他の

內地移入酒》、《禁酒の國を見る》這幾本，杉本用心良苦，安排這些書由台北エスペラント會出版。

杉本順便介紹身邊這個男人給雨卿：「他是我的同事武上耕一，就喜歡開玩笑，這次他也要負責一個單元。另外，」他轉往另外兩位沉默寡言的男性：「這位是台北高等學校的校長甲斐三郎，另一位是他的兄長甲斐虎太，在總督府調查課工作，他們對世界語非常投入。」

這兩位男性向雨卿點頭致意，為官的氣勢不容忽視。

真是特別，雨卿心想，各自有各自的工作，因為興趣而結合在一起，這真是一種令人羨慕的生命型態。

此時，甲斐三郎開口：「我邀請了我認識的聲樂家來演唱世界語的歌曲，他邀請鋼琴伴奏來合作，我想應該是不錯的。」

杉本點頭：「好主意，我們要讓世界語的多元性傳遞出去。」

「那麼，我們來討論、增補一下每個人負責的內容吧！」杉本說。

「先由我開始。我處理的是柴門霍甫醫師的生平，以及他為什麼要創造世界語。我先由創造世界語的背景說起。」

世界語，原文是Esperanto，日語是エスペラント，是由柴門霍甫醫師所發明的。世界語有許多譯名，支那方面有翻譯成國際語或是「愛世不難讀」的名詞。柴門霍甫出生於波蘭的一個猶太籍家庭，一八七三年搬至華沙。他的故鄉是一個多種族居住的地方，因為波蘭歷史的演變，此地曾為普魯士、俄國所管轄，也有許多波蘭人、猶太人居住，因此語言、宗教彼此不同，產生許多偏見和仇恨。柴門霍甫深受基督教聖經裡的巴別塔故事啟發，認為要解決這長久以來的問題，必須由相互了解開始。柴門霍甫的母語為俄語，但是他也精通波蘭語與德語，同時學習法文、希臘文、希伯來文、伊地語、英文。他曾經遠赴莫斯科求學，後來成為一位眼科醫生，在發明世界語的過程，他一直受到父親的極大阻攔，因為父親不希望他耗費時間與精力在此，然而，創造一個大家都能用的語言，始終是柴門霍甫的希望。後來，他與妻子結婚，在岳父的資助下，發行了第一本世界語教科書，不過並未以他的本名發表，而以Doktoro Esperanto，也就是希望博士的名字來發表，esperanto在世界語之意即是「希望者」，他一直希望這個語言可以成為各人母語之外的第二語言，用來促進世界和平，在平等立場上實現相互理解的目標。

世界語主要以印歐語系的日耳曼語和羅曼語的單詞為基礎，盡可能簡化文法，使書面文字和發音完全符合，目標是簡單易學，共有二十三個子音、五個母音，字母採拉丁字母，不使用英文字母中的Q, W, X,Y，而加入ĉ,ĝ,ĥ,ĵ,ŝ,ŭ這六個附加符號的字母。

第一屆世界語大會一九〇五年在法國召開，會後發表了一項宣言。這項宣言有幾個宗旨：

1.所謂世界語主義，是指世界語為中立語言，主旨為促進各種人種相互了解。

2.世界語是人工語言，完全活用。

3.世界語的作者放棄與此語言相關的權利，讓渡給全世界使用。

4.永久強制的規定是：全部的世界語使用者唯一基礎是世界語。

5.所謂世界語者是指知曉、使用世界語者，其目的與關係全無要緊。

世界語組織擁有自己的旗幟，為綠色星旗，綠色象徵希望，白色象徵和平中立，五角星的五個角象徵五大洲，其比例為二比三。

世界語發明後，一時蔚為風潮，立刻傳遍各地，由於世界語強調人種平等，極力尋求世界和平的色彩，具有跨國界的特色。世界語的風潮席捲世界，亞洲方面以日本最受影響。

「大家覺得有問題嗎？」杉本問。

「我覺得不錯。但是世界語的跨國界特色，是不是可以把部分的重點轉移一下，因為，」甲斐三郎忽然放低音量：「連溫卿那邊的運動，非常注重世界語的這部分特色，跟他搞混，就不好了。」

瞬時，眾人陷入沉默。

儘管雨卿覺得奇怪，也沒答話。

杉本思考一下，開口問雨卿：「王先生的意見怎樣？」

雨卿把自己心裡的想法說出來：「我覺得世界語的特色正是結合全世界的人，一起往希望的方向前進，世界語在日本方面的發展，不也是與社會主義結合嗎？這部分似乎沒有必要特意去避免。」

聽完雨卿的意見，甲斐兄弟的臉色忽然一暗，但是他們沒有多說什麼。

「這部分，我們可以再討論看看。」杉本轉向另一位：「那麼，就請西田先生談一下你負責的世界語發展好嗎？」

「我主要是談日本世界語運動的萌芽與成長。」西田說。

明治二十四年，當時在德國留學的丘淺次郎開始在當地學習世界語；明治三十三年，留學法國，後來成為東京高等師範學校教授的樋口勘治郎也開始學世界語。明治三十五年，寫成小說《浮雲》的作家長谷川辰之助，他的筆名是二葉亭四迷，出席了在俄國Vladivostok召開的世界語會議，並在當地學習了世界語，明治三十九年由東京彩雲閣出版了《世界語》這本教科書。之後他陸續出版柴門霍甫所寫的世界語讀本，也在雜誌《文學世界》、《成功》、《學生タイスム》等發表〈エスペラントの話〉、〈世界語エスペラントの研究法〉、〈エスペラント講義〉等文章，可說是日本研究世界語的先驅。二葉亭四迷的介紹，啟發了小坂狷二，他於明治四十四年到大正五年間以謄寫方式獨立發行*Orienta Stelo*，大正八年與語言學家淺井惠倫、外交官藤沢親雄等人設立Japana Esperanto-Instituto，也就是日本エスペラント學會，小坂狷二因此被稱為日本世界語運動之父。

另一位世界語的重要開拓者是黑板勝美。黑板為東京帝國大學文科講師，專門講授古文書，他在明治三十五年由英文報紙得知世界語的消息，開始學習世界語，明治三十九年因為堺利彥的介紹，有些社會主義者開始關注世界語，世界語也開始受到矚

目。黑板參與了日本エスペラント協會的成立、籌辦第一回日本エスペラント大會，這個協會發行機關誌*La Japana Esperantisto*，也就是日本エスペラント。因為黑板有舉足輕重的地位，明治四十一年起，他至歐美遊覽講學兩年，這段時間日本的世界語的運動有衰退跡象。

大正民主時代，是日本世界語發展的黃金時期，世界語組織開始發展至日本各地，以演說、宣傳的方式傳播世界語的理念，期間也發生了關東大地震和大杉榮被殺害事件，大杉榮明治三十九年就入會エスペラント協會，本身也是世界語者。大正十二年，世界語風潮吹至日本醫學界，多位醫界名人加入協會，在學校裡舉辦講習會者眾，還出版過以世界語撰寫的醫學文集，例如田村憲造翻譯了學生用的藥理學實習書，以世界語與德語並用，以供學生使用。

事實上，日本エスペラント協會內部曾有過人道主義的論爭。柴門霍甫醫師在一九〇五年召開第一回世界語大會，一九〇六年的第二回世界大會後，有了世界語轉化出來的內部思想。柴門霍甫發表有關於世界語和內在思想，以及人道主義的思想與名詞的區別之演說，他表示，世界語具有祈願人類平和相處的動機，這個思想不獨利己，世界語不單只是實用導向而已，這場演說獲得了聽眾熱烈的支持。

大正十一年，大阪的*Verda Utopio*雜誌發表以〈Deklaro Sensubskribita〉為題的文章支持柴門霍甫，接著一連串支持世界語應有人道主義關懷取向的文章、宣示順勢而出，例如以小坂狷二為首的一群年輕學生，已經不滿足於只普及世界語的語言運動而已，他們也支持與世界語相生的人道主義。因應這項思想而生的，有呼應大正九年十一月勞動者世界語者團體「解放之星」而設立的SAT（Sennacieca Asocio Tutmonda, the World Non-national Association），也就是サート，意思是全世界無民族性協會。日本本土的實踐是大正十三年仙台的SAT分科會決定以JEP（Japana Esperantistaro Proleta，也就是日本プロレタリア・エスペラント集團為名，來進行社會運動。從此，世界語運動開始與普羅列塔利亞（プロレタリア）結合。

昭和三年，詩人秋田雨雀、演員、翻譯家佐佐木孝丸、社會運動家伊東三郎等人設立國際文化研究會，隔年改稱プロレタリア科學研究所，每月發行《プロレタリア科學》機關誌，講習會的成員後來於昭和五年七月六日組成日本プロレタリア・エスペラント協會（JPEA），決議以世界語的使用作為普羅列塔利亞解放的武器。

讀完文稿的西田，放下手上的稿件。

空氣彷彿凝結了。

甲斐兄弟蹙緊眉頭，在座的幾位不發一語。

彷彿讀到了眾人心意的杉本緩緩開口：「西田，我想我們在請大家寫稿之前，已經說明我們的立場了，我們要和社會主義、無產階級這些問題劃清界線，這不就是我們另外成立台北エスペラント會的意義？」

西田深呼吸，像是作了什麼決定：「是歷史，也是事實的事情，我們無法逃避。我們可以推行跟社會運動無關的世界語，但是它和無產階級的結合，是全世界的趨勢，我們假裝它不存在嗎？」

「別忘了，這個廣播時段相當貴，正好是大家吃飯、休息的時間。我們是為了要推廣世界語才向眾人募款買的，可以讓你為所欲為嗎？」甲斐三郎語氣嚴厲。

「況且，你不要忘了，我們會員有許多人具有官吏身分，這種言論傳出去，不就讓大家身陷危險之中？你要讓大家冒這個險？還提大杉榮做什麼⑱？」甲斐虎太也非常不滿。

「大杉榮是世界語者，是不爭的事實。」西田答道。

「舉大杉榮跟我們大家相提並論，你到底有什麼問題？」一旁叫做兒玉的人忍不住怒氣。

他氣急敗壞的聲音，讓雨卿愣了一下。

隨即，整間房間充斥著指責的聲音，西田直接收拾東西，忿忿不平地離開會所。

雨卿從來沒想過自己會遇到這樣的情況，不禁感到尷尬而不知所措。

杉本拍拍不安的雨卿的肩膀，露出歉疚的表情。

儘管雨卿再三推辭，杉本堅持請他吃飯，飯後提議要他一起去在同一條街上的福乃湯，雨卿不忍違逆他的好意，於是和他一起前往。

刷洗完身體，兩人坐入熱騰騰的水裡，裊裊煙霧中，裸裎相見，大大拉近了彼此的距離。

「今天的場景，讓你吃驚了吧？」杉本問。

雨卿不好意思，只能說實話：「是的，我並不了解貴會的內部怎麼會有這麼大的歧

⑱ 大杉榮（1885-1923），日本無政主義者、社會運動家。一九一二年和荒村寒煙等創刊《近代思想》、《平民新聞》。一九二〇年潛赴上海，組織遠東社會主義聯盟，開啟國際合作的可能。一九二三年關東大地震混亂之時，與妻子、姪子一起被憲兵隊的大尉甘粕正彥殺害。

見。」

「其實，就本島人的想法來說，西田的看法是沒錯的。」杉本嘆了口氣：「可是過猶不及，都不好。」

杉本講起自己實際上認識本島人最早開始學世界語的蘇壁輝。

「他用的是一葉亭四迷撰寫的エスペラント教科書來學。」

「跟我入門書籍一樣呢。」雨卿微笑答道。

「蘇壁輝告訴我，他在中國的書籍上看過，學世界語可以讀五十多國的書報，可以直接讀外國的科學書籍，得到新智識，也可以去遊歷外邦，到處都有世界語的同志招待，就算不出門，也可以與全球許許多多的同志，通信件，討論學術，他覺得最重要的，是可以破除國界，促進世界和平，這世界上的人如果能以同胞相稱，該有多好。」杉本掬了一捧水洗臉後繼續說：「可是他忘了一件事，要把台灣包括在這個世界裡面，太難了。台灣是日本的殖民地，這個事實可別忘了。台灣要面對世界，首先得先面對日本。」

雨卿不答話。他知道，杉本試著跟他解釋今天的局面，但他們畢竟是內地人，以他們的角度來看事情，本島人的感受他們是無法考慮進來的。

「最初，本島人的世界語學習，我們也給予協助。例如今天生氣的兒玉，他多次在

《台灣日日新報》介紹世界語的內容與歷史，也號召有志者於台北城內一起來研讀世界語，他甚至把自己台北苗圃的自宅提供出來，設立日本エスペラント協會的台灣支部。但是，連溫卿的路線實在讓兒玉無法接受，要是被人誤會跟連溫卿的路線相同，他就有麻煩了。」

雨卿安靜地聽著。

其實，他也收藏了連溫卿主編的世界語刊物，原本打算在這次抽空拜訪，但是自己在台北的第一站，竟了解他們其中的矛盾衝突，這是雨卿始料未及的。

「你可知道，目前警察已經盯緊了連溫卿那批左傾的人？蘇璧輝、連溫卿他們發行了世界語的月刊 *La Verda Ombro*，就是《綠蔭》。」杉本瞥了瞥雨卿，發現他沒有反應，接著說：「這份刊物原來是由三井會社的社員上林熊雄負擔每月的印刷費，但是連溫卿加入文化協會後，不僅把文化協會搞得左傾，也把世界語導向這個方向，上林實在受不了，所以逐漸敬而遠之，日本政府後來也對世界語講習會施加壓力，許多講習的會場遭到日本警察的拒絕與干涉，我們稱這波事件叫做『西瓜事件』。」

「西瓜？」雨卿回問。

「是的，西瓜。你知道的，我們世界語是以綠色作為象徵顏色，是和平的象徵，但是連溫卿這些人卻在這層綠色外衣裡面搞左翼赤化，就像是西瓜吧？綠色的外皮，剖開後內部卻是紅色的。」杉本拍了拍胸脯：「說起來，目前比較安全的世界語組織，就是我們了，也只有我們的研習曾經得過警察的檢查，畢竟，我們是真的在推動世界語，並不是假借這個名義，做對不起國家的事。」

「說起來是可惜。連溫卿結識山口小靜後⑲，山口介紹山川均給連溫卿認識⑳，從此就在山川均的指導下進行社會主義的研究。連帶的，連溫卿所有的活動都左傾。」杉本說完，嘆了一口氣。

他們坐在熱水裡，霧氣縹緲，四周乾淨，水溫甚熱，這是一間服務品質相當好的湯屋。

雨卿可以想像，這樣的水溫，必定是派了一個工人，顧在燒水的爐火邊，適時添入柴火來維持的。那個工人也許是如同自己當年進入師範學校那樣年幼的一個孩子，沒有受教育的機會，在這樣寒冷的夜裡，也許只有拖著柴火的手、向著火的臉不感覺寒冷而已吧？

雨卿望著煙霧瀰漫中，在牆壁上隱隱出現的富士山壁畫，內心情緒複雜。

因為時間過晚，雨卿選擇在一間小小的販仔間過夜。

洗過湯屋後，雖然身體循環很好，還算暖和，但他躺在簡陋通鋪的一角，無法入睡。

於是起身將行李打開，拿出他特地帶上台北的刊物。

那是杉本剛剛提到的*La Verda Ombro*，《綠蔭》。

雨卿當初拿到這份刊物的時候，被裡面的內容點亮了雙眼。

透過刊物的文字，雨卿發現連溫卿非常重視和世界各地的交流，刊物裡說，這份*La Verda Ombro*和*La Revuo Orienta*、*Verda Utopio*並列為日本全國世界語大雜誌之一，已經和全世界一百八十種的世界語雜誌做過交換。而「交流」，正是雨卿受到世界語吸引的特質。

連溫卿很關注世界各國的局勢，像是俄國、義大利、法國、比利時、德國等等國家。也是藉由連溫卿的文字，雨卿才了解俄國在西伯利亞、蘇維埃學校、第三國際學校推行世界語的狀況。

若是要交流，介紹自己國家的文化特色，絕對是很好的題材。雨卿發現連溫卿既不介紹漢人文化，更不提日本文化，反而以台灣民間傳說故事與番人傳說為主題，除了介紹台灣

---

⑲ 山口小靜（1900-1923），生於台灣，就讀東京女高師時因參加社會主義研究會被退學。因患肺病回台靜養，繼續活動於俄羅斯饑荒救濟運動、啟蒙台灣青年的階級意識，推廣世界語運動。

⑳ 山川均（1880-1958），日本社會主義運動家，一九〇〇年因發行《青年的福音》雜誌入獄，一九〇六年參加日本社會黨，編輯《平民新聞》雜誌，是日本社會主義運動的中心人物。

的風土民情給各地讀者知悉，也標榜出台灣的特殊性。

連溫卿用類似動植物學家描繪標本的細膩筆觸，畫出了台灣的石雕、石臼、刀劍以及刀錢、布錢，作為文字說明的輔助。

另外，在固園的聚會常常聽到的台灣議會設置請願運動，也並未在台灣的世界語運動中缺席，以世界語來說明台灣為日本帝國的一部分，卻有其特殊的政治環境，有其必要設置具有立法權的議會，呼籲日本帝國議會重視並處理，讓世界各國的讀者能了解台灣的情勢，是最好的國際助勢，不是嗎？

雨卿一邊翻閱，一邊這樣想。

除此之外，雨卿很愛閱讀連溫卿翻譯為世界語的文學作品。

「La Silento，沉默……」他在心裡默念，一邊找原著出處，在文後看到譯自義大利文作品Memento Illustrato的說明。

雨卿也讀過翻譯阿拉伯的故事，還有俄國文豪托爾斯泰的短篇故事〈The Coffee-House of Surat〉，世界語翻譯為Surata Kafejo，也有刊載安徒生的童話故事的La princino sur pizo，「豌豆公主……」。他輕輕微笑。

柴門霍甫翻譯成世界語的莎士比亞作品〈哈姆雷特〉第一幕，也被連溫卿選錄刊登。

雨卿發現，若是實驗性質較強的文學作品，連溫卿採取的是世界語、日文對照刊登的方式呈現，讓讀者能以對照的方式學習、閱讀。

在科學新知代表著進步、文明的時候，連溫卿也沒忘了附上有關新式科學的介紹，他認為將世界語的介紹和新式科學結合，更有吸取新智識的快速效用。這部分尤其讓以研究生物為志業的雨卿感到有趣。這部分的內容包括蘇黎士化學學校的新發現，有關煉鋼術的「La Mentaliza Metodo」，還有講述血清和種痘的「Seroj Kaj Vakcinado」。甚至農業研究的新發現——「豬隻腎蟲」的介紹也沒漏掉。雨卿一邊讀一邊覺得，這類的翻譯真是到位又專業。其他還有介紹藥物與血糖的問題。雨卿讀完後忍不住懷疑，這些科學新知介紹的，都不是簡單的科學原理，而是針對專題的深入探討解析，一般讀者真能讀懂嗎？這樣的題目會不會太過艱澀了？但是他轉念一想，也許藉由這樣的方式，能吸引到更多的讀者來學習世界語，事實也能證明，世界語是可以實際使用的，能應用在各式領域的說明、推廣。他不禁讚嘆連溫卿想要擴展世界語運用範疇的企圖心。

這樣的晚上，雨卿浮現一個念頭：應該要辦一份台南地方的世界語刊物。這份刊物應該具有台南的地方特色，可以召集更多台南地方的有志之士，一起來研究、籌備這份刊物。

他馬上想到從赤嵌樓後顯現出來的日光。

燦霞滿天，綴著陽光透暈，在雲邊描繪的金邊，真是美好。

更為美好的，是小操紅潤的臉。

這次北上，是為了自己的興趣。小操完全支持自己的決定，溫婉又堅強。經過相處，雨卿更加理解小操。她坦率，不虛偽，深具勇氣，但並不強勢，以溫柔帶有堅毅的力量支持著他，面對人生的難題。

他感到一股暖流漫過自己的心窩，那是專屬於小操的所在。

不知道小操現在在做什麼呢？

他掩上手中的雜誌，小心躺回原處，不發出太大的聲音。

原本，杉本建議他住湯屋隔壁的旅館「下川屋」，但是他擔心住宿費太貴，自己一個人走了大段路，來到龍山寺町找住宿。投宿在這間販仔間的，多半是小販、進香的販夫走卒，大家各在通鋪找一個空間，擁著包袱行李熟睡。

打鼾、呼吸聲此起彼落，雨卿知道，他們多半隔天一早就要啟程繼續趕路、做生意，因此他不想驚醒他們的睡眠。

會走到龍山寺町來，是為了去龍山寺看看。

他記得杉本說的：「世界語的推廣不是壞事，我們也不是要阻絕跟大眾接觸的機會，要知道，最初，我們的世界語協會，就是在香火鼎盛，本島人最常聚集的龍山寺開始講習會的。」

他想去看看那個世界語最初講授的地點，是怎樣的地方。

為了赴這次的邀請，雨卿帶了自己常用的世界語工具書，是中村精男、黑板勝美、千布利雄，《エスペラント和譯辭典》（*Plena Esperanto-Japana Vortaro*）由東京的日本エスペラント協會於大正三年六月出版的，這本辭典，是他存了許久的錢，看報紙的廣告郵購而來，是他非常珍愛的書。

躺在自己的包袱上，他感覺到這本辭書的厚度，正好墊著頭部，雖然有點硬，但這種厚度使他安心。

Lepismo。在微暗的光線裡，雨卿練習發出這個音，嘴唇圈成圓形。

他知道這是連溫卿的筆名，Lepismo，蠹魚。

雨卿對這種蟲再熟悉不過。以前定期幫牧先生把書拿出來曬，重要的書還得一頁一頁翻動，看看是否遭到蟲蛀。書頁多是被這種蟲吃掉的。

陽光底下，這種蟲畏光地竄逃，靈巧、無翅，銀灰色。若手指壓到這種蟲，牠身上的銀灰粉沾上皮膚，發出異樣的淡色。

牧先生讓他以顯微鏡觀察這種蟲，牠細長柔軟的身體上布滿極細的鱗片，口器是咀嚼式的，可以慢慢地啃食衣物、書籍。

被吃掉的書頁文字都去了哪裡？

這個自稱為蠹魚的人，必定最為了解書頁被蛀光的心痛，也以類似的慢嚼啃食來吞噬他喜歡的文字、書籍。

沒有人比蠹魚更了解什麼可以用口器蛀蝕掉，也不會有人比蠹魚嚼食掉更多他自己也不明白的東西。

這隻似魚卻非魚的蠹魚，游過了千萬道書卷，游進了夢裡，疲憊而不知不覺開始的夢境。

準備動身前往龍山寺的雨卿，在路上遇到出殯的行列，依照陣仗看起來，應該是有錢人辦的喪事。

他看到一個特別的場景。

路旁大概有兩三桌，都是衣衫襤褸的人，依著桌子，向路過的出殯行列祭拜，而桌上的祭品異常簡單，一小盤肉、一小盤豆干之類的小菜。

若是靠近一點，會發現這些人的身上帶著異味，模樣也有點奇怪，儘管進行的是祭拜儀式，他們臉上帶著漠不相干的表情，甚至有些人嬉笑打鬧，與行進中哀淒的送葬路隊形成強烈的對比。

雨卿聽到身邊的人談論這場特異的出殯隊伍。

這場出殯，亡者是大戶人家的兒子，然而，因為各房爭產，家族的人事戰爭方興未艾，沒有子嗣的死者在出殯的這天，居然落得沒有人捧斗的下場。最後由家僕到附近找乞丐寮的乞丐頭，要他找來眉清目秀的男孩，充作遠親的孩子，替亡者披麻帶孝。

「若是正常人家，誰願意替人家哭墓、披麻帶孝？找無親無戚，有飯吃就謝天謝地的乞丐，什麼事情都願意做。死了也沒人在意。俗話不是說，有錢能使鬼推磨？」站在雨卿附近不遠處的男性說。

「是啊。這場出殯表面上是風風光光的喪事，但是背地裡，卻是需要臭賤的乞丐撐著才能進行，真是笑話。」另一名男性說。

「辦喪事需要開路神來開路，路上惡靈如果遇到開路神，會逃走躲起來。但是，做開路神常常會煞到，這種工作，只有不怕鬼，不怕死，只求有吃有穿的乞丐來做，在出殯隊伍前舉著畫惡鬼的紙型，帶頭驅鬼。」

「不只這樣，棺材要進穴的時候，也要有乞丐先跳到墓穴裡，探探有沒有鬼怪，祛除邪魔。這就叫做翻壙。翻壙的乞丐啊，回程容易被開路神當作食物吃掉，所以喪主會準備一塊豬肝來餵祭開路神。說真的，」男子放低聲音：「什麼祭開路神？還不是被乞丐自己吃掉了？開路神是誰？就是乞丐自己啊！」說畢，身邊的人哈哈大笑。

雨卿待出殯隊伍走完，走過一條街，到了龍山寺。

龍山寺外有許多人賣金紙香，燃燒紙錢的煙從廟裡冒出來。

廟埕裡聚集許多人正在泡茶、聊天，乞討的、講古的、彈月琴走唱的、相命卜卦的人，各種聲音此起彼落，很熱鬧。

雨卿緩緩走過廣闊的廟埕，聽見人家聊天：「今天有錢人出殯，總有一些乞丐趁機出來討吃、分食，你猜施乾先生會不會出來，把這些乞丐帶回去，好好整理一下？」

儘管語氣充滿戲謔，講到「施乾先生」的時候卻有不容懷疑的敬意。

雨卿在寺內繞了一圈，走出寺外，看到一個瘦小的男人對著之前擺設供桌的乞丐大罵，聲音洪亮如雷。

「我說的話你們究竟有沒有聽到？我已經說過很多次，這樣做，不會有人尊敬你們的，不是你家的死人，你祭拜他幹什麼？人活在世界上，只是為有東西吃就好嗎？」

正在收拾供桌的乞丐不以為意，根本不當一回事，正眼也不抬起來看男子，但另一個顯然比較生嫩的乞丐，一邊被動地幫忙收拾，一邊漲紅了臉，顯然是聽了話，心裡羞愧極了。

應該是乞丐寮的老乞丐帶著新乞丐做的事情。雨卿心想。

台南當然也有乞丐，尤其香火鼎盛的廟邊特別多。雨卿從小看著乞丐在家附近的關帝廟乞討，當然也見過警察驅趕乞丐，或者乞丐被毆打的情況。

零散在外流浪乞討的乞丐，是最可憐的，無依無靠，條件也最不好，他們通常是斷手斷腳或破相的、生病的、失明的，甚至是跟著大人乞討的小孩子，到店面或住家來乞討，多半會被人們嫌惡，連飯也討不到。

所以即便做乞丐，也希望能有一個乞丐寮可以睡，可以休息，或者受到庇護，不會被欺負。

以乞丐頭為首的乞丐寮，後來變成惡勢力。每逢廟慶或是農曆初一、初二、十五、十六這幾個日子，廟裡正忙，附近店家也正逢生意好的時候，如果成群臭氣沖天的乞丐圍在門口，總是麻煩。

乞丐藉這個機會勒索討錢，店家如果繳了錢，勢力大的乞丐寮便會在店門口貼一張葫蘆型的紅紙，上面寫「丐打」，其他的乞丐就不能再來乞討惹事。台南關帝廟附近的店家，幾乎家家戶戶門貼有紅葫蘆紙。

「跟我回去，我負責你的吃穿，負責教你怎麼靠自己生活。但是，跟我回去，就要聽我的。」

「姦恁娘，你手腳不快一點。」老乞丐推了新乞丐一把，要他快點把供桌上的肉收好：「我們還要趕到下一攤，今天是好日，有三組人要出殯。」

「跟我回去。」男人吼出來的聲音，大到讓大家嚇一跳。

新乞丐放下手上的東西，怯生生望了老乞丐一眼。

「唉，你無效啦。」老乞丐不耐煩地推開他：「你受得了那邊，我隨便你。」他自己動手把供品收好，提起桌子要趕下一攤出殯的行列。這塊肉，可是「本錢」，要多用幾次才夠回本。

新乞丐呆立在原地看著老乞丐走遠，瘦小的男子趁機走向前：「走吧，跟我回去。」隨即轉身就走，新乞丐這才回過神跟上他的腳步。

「你看，我就說吧，施乾先生一定會出來找人。」被洪亮罵聲引出來圍觀的人說。

「愛愛寮的施乾先生，不會放棄任何一個可以減少乞丐的機會啦！」有人說。

雨卿望向已經走遠的施乾和乞丐的身影，心裡百感交集。

坐在洋式客廳裡的大國，坐在沙發裡，整個人像陷入了一個黑洞裡。他的臉稜線頗多，看起來有點淡漠，但是有一顆溫暖的心。

雨卿也是坐在椅子上跟他談了一會兒，方才開始感到自在。

「終於見到你了，牧先生說，你是難得的人才，如果你有需要，請我要盡量提供協助。」大國說。

從龍山寺轉往大國住的東門町，便是從一個聲音繁雜的地方，轉換到一個全然是日本風情的所在。

大國住在旭小學校旁邊，赤十字醫院、守備隊司令部皆位於住家附近。每天，在靜修女學校工作的大國，騎腳踏車去上課。

大國引導雨卿到他的書房，書房的榻榻米散發新鮮的氣味，約莫是剛換的。

大國要他看自己製作的標本，一隻褐斑蜻蜓，還有浸泡在福馬林內的蜻蜓幼蟲。蜻蜓幼蟲實在不好捕捉，可見大國花了許多時間搜尋。

大國指著兩隻蜻蜓標本：「這兩隻是不一樣的。雄性的複眼是褐色，合胸是褐色的，側面有黑色的斑紋，腹部是紅褐色的。你看，」他小心翻過標本，指著蜻蜓的腹部：「雄性的腹部有不太明顯的縱向黑線，兩邊翅膀有大於一半的面積是褐色，翅痣是紅色。雌性的複眼就有趣了，」他指向另一隻：「雖然有點褪色了，但是你還是可以看出來，雌性的複眼上半部是褐色的，下半部則是綠色，合胸及腹部褐色較淡，腹背是兩條縱向的黃褐色斑紋，翅膀呈透明狀，沒有像雄性那樣，有大面積的黃褐色，翅痣是黃色的。」

他放下手，對著蜻蜓標本嘆了口氣說：「我花了很多時間蒐集性徵成熟了的蜻蜓做成這對標本，只是，後來全時間在學校教書。真希望能教出幾個對動植物感興趣的人才啊！」

從蜻蜓完美無缺的薄翼完全沒有受損，呈現完美的角度，隨時像是要展翅而飛那樣，他知道，大國投注了相當的熱情，畢竟，處理過蜻蜓標本便知道，稍不注意，蜻蜓的翅膀就容易損毀。

「大國先生的來信說正在編寫一本有關天主教的書，是嗎？」雨卿問。

「是的，正在進行。」大國轉身，把桌上的一疊資料翻給雨卿看。

資料裡面整理了「真福八端」、「領台以前的天主公教」的資料，厚厚一疊，大國工整端正的字體，整齊寫在紙上。

「我預計要以領台前的天主教、領台以後的天主教，作為兩大部分來撰寫，也會把各地天主教堂設立的狀況做一個詳細的整理。」大國說。

大國後來提到，自己會到靜修女學校教書，原因是這所學校是由天主教設立的，他喜歡這種氣氛。

「靜修女學校是在一九一六年由道明會的神父創辦的，為的是替女性爭取教育機會，也是天主教會在台灣創辦的第一所女子中學。我想你可能知道，一九二一年台灣文化協會就是在靜修女學校舉行成立大會的。」大國這樣告訴雨卿。

整個下午，大國和雨卿天南地北地聊，當大國聽到雨卿此次是為了世界語廣播的事情北上的，面露驚喜說：「你會不會想認識施乾先生？我們一直替他的愛愛寮奉獻捐款，讓他去幫助乞丐。我知道他也在學世界語。」

雨卿露出歡喜的表情，他不知道，原來施乾先生也是同好。

大國起身，走到書櫃邊，以手指搜尋櫃內的書，接著抽出幾本書遞給雨卿。

「因為我們夫妻贊助愛愛寮，所以他送給我們他寫的書。我們也買了很多本分送朋友，一方面也是幫他募款。如果有興趣，就拿去讀吧！」

他接過書，是與乞丐相關的著作，分別是《乞食社會の生活》、《愛愛寮概況》、

《乞食撲滅論》。

當他翻開《乞食社會の生活》，一張紙單從書裡掉出來，拾起一看，是愛愛寮某一次的募款勸慰會的程序單，裡面印著連橫的一首〈贈施乾〉，雨卿仔細讀完。

連雅堂〈贈施乾〉

乾，台北人，年二十七，畢業工業學校，以其心力築愛愛寮於艋舺，邀市中丐者處之；安其身、教其藝，供其疾病醫藥之資，化無用為有用。一室之內，與同起居，雖染瘡毒，不以為苦。是天下之卓行也！余見其事，為作此詩，以告世之士君子。

我聞伍大夫，吹簫乞吳市，又聞韓王孫，投竿釣淮水；英雄未遇時，困阨常如此。一朝際風雲，驚倒天下士。我佛更慈悲，乞食四姓裡，布施種福田，六度自茲始。人天本同原，眾生平等視，法界具圓融，輪迴超生死。如何貪癡人，謬執我與爾。強弱肆並吞，貧富相訾毀。大道日以沉，世亂日以靡。我欲往東方，東方遭震燬。我欲往西方，西方張戰壘。我欲往南方，南方無蘭芷。我欲往北方，北方多豺兕。我欲上九天，天堂未可邇。我欲下九地，地獄慘無比。徬徨復徬徨，乃遇施乾子。邀我愛愛寮，告我經營意。即此無告人，社會所不齒；云何造業緣，輾轉無窮底。或因墜聰明，或因遭蹇否；或因放蕩來，或因懶惰起。饑寒迫一身，黯淡街頭倚；顛沛辱泥塗，無家可遷徙。哀哀無告人，亦我同胞耳。一夫有不獲，聖人以為恥。王政固無私，仁恩及犬豕。如何貪癡人，但知利一己。君看豪貴門，般游恣奢侈；買笑擲千金，夜闌擁歌妓。又看迷信徒，建醮求蕃祉；百萬化灰塵，鬼神未必喜。何如種福田，布施及閭里。即此愷悌心，定邀天顧諟。我力雖云微，我願尚無已。居之以茅茨，食之以糠粃；教之以禮義，授之以工技。勉以樂生心，勵以自強理；導以勤儉風，誡以肉食鄙。庶幾無告人，或得一善止。我聞施乾言，熱淚落如沘。人生大宙中，性命自天委；貧窮會有時，富貴未足恃。勿謂善不為，勿謂惡可弛；地獄與天堂，出入僅尺咫。願弘慈悲心，大暢我佛旨。苦海渡眾迷，法輪轉平砥。無我復無人，大道同一軌。賦詩示施乾，此志或可企。

雨卿曾在固園的南社聚會見過連雅堂，他也是台南人，臉部瘦長，戴著金邊眼鏡。這首詩看來，顯然為了協助施乾募款而寫。

「我們因為賀川豐彥在神戶救助乞丐的事蹟，深受感動，於是透過教會，一直是賀川先生的贊助者。大正十一年賀川先生來台灣的青年會演講時，我們陪同他去探望施乾的愛愛寮，實在很敬佩，所以也開始贊助愛愛寮。」

「原來是這樣。」

雨卿像是下定決心問大國：「大國先生方便帶我去拜訪一下施乾先生嗎？」

「當然可以。我有時會去探訪，但是我的內人就不是那麼喜歡那個地方，畢竟乞丐出入，有些虱子蚤蟲或是難聞的氣味，婦道人家比較不習慣。」大國難得露出笑容。

雨卿向大國致謝，翻閱手上的書，首頁便是一段宣言：「吾人不承認社會上應存在乞丐，因為確信其為不可有，吾人必須從社會上撲滅乞丐。」

雨卿與大國乘坐人力車，沿途經過衛戍醫院、綠町市場、豬屠口，住家越來越少，眼見盡是荒田竹林，還有亂葬崗。

「過仁濟院，就到五丁目了，愛愛寮就在綠町五丁目，台北製糖廠附近。」大國說。

雨卿放眼望去，四周都是甘蔗田。

人力車在一個竹籬笆圍起來的門口停下來，裡面是個小庭院，種有楊桃樹。

不過，簡陋的屋舍裡卻傳來女性的尖叫聲，聲音悽厲恐怖，彷彿是地獄傳回來的聲音。

大國連忙下車，快步走進房子裡，雨卿也跟著過去。

一靠近，便聞到惡臭難當的氣味，雨卿直覺把這種氣味和動物屍體腐爛的味道連結在一起。

屋內有一個被壓在地上掙扎，蓬頭垢面的女性，若不是發出號叫的聲音，根本已經看不出來是個女性。這個女性力氣極大，讓壓制她的兩個男人幾乎無法抵擋她的掙扎。

因為上半身被壓在地上，她的腳在空中抽踢，此時雨卿才發現，臭味的來源，因為她已經腐爛的雙腳！雨卿沒見過這麼可怖的腐爛狀況，滲著黃白色的膿和血水，彷彿她繼續掙扎，其他的組織、碎肉會從她的腳上掉下來，也許只剩下骨頭。

制服她的男人，用盡全力繼續壓制她，也必須注意不要被她的腳踢到，另外兩個男人皺著眉頭在一旁商量，大國和雨卿只能站在一邊，靜候他們將目前的問題解決。

地上的女性繼續哀號尖叫，那種聲音像是拿著一把鈍掉的鋸子來回拉扯，割著耳膜。

忽然，女性用盡全身的力氣，把壓在身上的男人用力一推，被推倒在地上的男人還搞不清楚怎麼回事，女性已經披散著頭髮，一邊尖叫，一邊狂奔出門。

留下滿屋子的惡臭味，揮之不去。

雨卿下意識想摀住口鼻，看到其他的人不為所動，便忍下這股衝動，這陣惡臭讓他的腸胃不由自主翻滾起來。

抬起眼睛，他看到施乾原本憂心忡忡，但努力變換態度來行禮招呼大國：「大國先生，讓你看到不好的狀況了，真是抱歉。」

他身邊的男性，鼻梁堅挺，兩頰顴骨高聳，上唇留著小鬍子，也出聲向大國問候：「大國先生，好久不見。」

「施乾先生、稻垣先生，我帶一位想拜見施乾先生的朋友來拜訪，冒昧前來，很失禮。」大國向眼前的兩位行禮，接著介紹雨卿，講到「世界語」時，雨卿發現，稻垣的眼睛亮了一下。

施乾請大家進去另一個房間坐，他們穿過幾個坐在圓凳上編藤器、草蓆的人，這些人穿著雖不好，但還算乾淨。

他們坐下的榻榻米已經破損，露出裡面的稻草。

雨卿先向施乾提起，自己參與台南共勵會的文士劇演出，之前已經聽說台北的星光劇團，也讀過張維賢、周合源等人組成的「孤魂聯盟」的事蹟，因此對施乾並不陌生。

施乾點點頭，但彷彿還想著方才的事情，若有所思。

「咦？周合源呢？」施乾忽然想起來周合源並未跟著他們進來屋內。

「他應該是去忙自己的事了。」稻垣說。

聽起來，大概就是剛剛幫忙制服那個女性的其中一人。

「剛剛的那個女性，是我前天好不容易勸回來的人，她有嚴重的毒癮，剛開始還好，癮頭一來，沒有立刻給她鴉片，她便出現很嚴重的戒斷症狀。本來要請杜聰明先生來看一下，看起來他在忙醫院的事，沒有來得及過來診治，她就跑出去了。這下子，又不知道要怎麼才能把她找回來。」施乾語帶無奈。

「我們也收過她啊。剛開始是乞丐，吸鴉片算問題還不大，但是癮頭越來越大，就得注射嗎啡，於是做私娼賺錢，但是皮肉錢能賺多久？每個有毒癮的人不是手就是腳，會因為注射的關係慢慢爛掉、發臭，誰還敢靠近她？皮肉錢沒辦法賺，只能用討的，偏偏他們又有癮頭上來就發瘋的問題，有時候店家看他們過來，寧可關上店門等他們死心離開再開門，給他們一次錢，他們就會一直來一直來，徒增困擾而已。」稻垣說。

「啊，我來介紹一下稻垣先生，今天大國先生跟你過來，遇到稻垣先生真是太有幸了。」施乾雖瘦小，但聲音好像從五臟六腑一起共鳴發出來的，像是雷聲。儘管談話的人坐在旁邊，他說話的音量也沒減小。

「你剛剛提到的孤魂聯盟，稻垣也是重要的成員。他是從京都的同志社大學畢業的，來台灣後先擔任番地巡察，後來覺得志趣不合，便創立了人類之家和稻江義塾。稻江義塾主要是收容貧困的孩子，還有原來屬於中國籍，無法就讀公學校的孩子，讓他們受教育。」

雨卿點點頭：「這些孩子的狀況我了解，我們在台南地區也成立了共勵義塾，也是希望提供同樣處境的兒童有受教育的機會。我自己也在共勵義塾任教過。」

「不只這樣，稻垣還努力廢娼，如果有不情願從事娼館工作的女性逃出來，多半會選擇躲到他那裡去，前陣子，還掀起了遊廓龜公鴇母的不滿，聯名到派出所告他拐誘婦女，他還在派出所裡待了幾天。」施乾說。

「我們互相協助嘍，畢竟我們做的事情幾乎很類似啊。帶我進去派出所也好，我可以少吃一點自己的糧食。」稻垣哈哈大笑，絲毫不在意自己的處境：「可是我好像狀況好一點，畢竟，被叫做台北三大乞丐頭的，我又沒在其中！」

施乾自己忍不住笑出來。細長的眼睛瞇成了一條線。

大國轉向雨卿說：「你提到的張維賢、還有施乾先生、剛剛的周合源先生被叫做三大乞丐頭。」

「有機會，你應該到我的人類之家來看一下，光是在門口，你就知道，我也是世界語的同好，」稻垣以手在空中模擬門牌一個字一個字的模樣：「我在門口題上：Domo de Homarano。人類之家，這個世界語的意思你是知道的。」稻垣整個人煥發著一種對於執著事物的熱情，彷彿點燃自己後，儘管疼痛，還是樂意凝視燒焦的自己。

「施乾也跟著我、連溫卿和蘇璧輝一起學習世界語。」稻垣轉向施乾：「我跟他說過很多次，應該在愛愛寮的門口立一個世界語的牌子：Demo de aimerions，對吧？」

「有啦，他說過。可是我們錢都用不夠了，哪有什麼多餘的木板做招牌？寫那個，我們自己看得懂而已，乞丐哪看得懂？」施乾說。

「你家開的可是木材行，回去家裡隨便弄一塊來就可以了。」稻垣開玩笑說。

「之前為了建愛愛寮，已經回去跟父母要很多經費了，連這間愛愛寮的建材也是回去跟家裡募的，我只要回家，家族的人看到都閃得遠遠的。」施乾自嘲。

「施乾先生的義舉實在令人敬佩，短時間內受到誤解，是值得忍耐的。」大國這樣說。

「今年過年，我帶著內人和孩子回去淡水探望父母親，母親把女兒叫進去房間，兩個婆孫不知道在說什麼。我帶妻女回家，在火車上才發現女兒手上、脖子上掛了一些金子。我在想，大概是母親還是不忍心妻女跟著我受苦，用這樣的方式讓他們快活一點吧？可是，這些金子回家後也是被我變賣來支付乞丐們的生活費。」

施乾說畢，所有的人一時語塞。

施乾出身於淡水的米街，他的大伯經營首屈一指的木材大廠「施合發木材株式會社」，主要從事台灣與中國之間的檜木輸出與福州杉輸入的生意，有人說，當時每四個淡水人，就有一個靠施合發吃穿。

施乾的父親很注重他的教育，滬尾公學校畢業後，他通過艱難的考試，進入台灣總督府工業講習所就讀，學習金工和電工的技術，畢業之後，旋即被總督府殖產局商工課延攬入府擔任技手，是當時極少數能進入中央政府機關任職的本島人。

施乾進入總督府後，奉派到艋舺地區進行乞丐的調查。沒想到，越是了解這些乞丐的生活，越同情這些人的遭遇，他在工作之餘，義務去艋舺教這些乞丐識字、技藝，替他們張羅食物、藥品，最後竟然辭去了總督府的工作，專心照顧這些乞丐，成立了愛愛寮。

「還好，多靠許多社會的善心人士，像是大國先生也是，多多少少都會想到我們愛愛寮的人有沒有食物可以吃。連稻垣，自己經營稻江義塾，常常需要幫學生籌備學費，到處去募款，只要我開口，他連已經準備好要給先生的錢都會拿來給我。」講到低潮處，施乾的聲音低了下來。

「先生的學費可以晚一點給，肚子餓了可沒辦法撐啊。」稻垣語氣輕鬆地說。

「就說杜聰明博士吧，堂堂一個總督府的高官，時常提供給我協助。只要寮內有人病痛，我請他幫忙，他沒有一次拒絕的，甚至我要拿藥錢給他，他也絕對不收。有一次，請他來看一個吃鴉片吃到口吐白沫的寮生，他自己帶藥來，離開以後，」施乾忽然有點哽咽：「我竟然在自己的帳本裡找到十圓。這麼大筆錢，除了他，不會有人對我們這麼慷慨。我們成立乞丐撲滅協會，一直希望能請台北的富商名家成為會員，定期贊助愛愛寮，我們會費定為三圓，可以分六期繳，有時收個一期兩期，就收不到了，杜聰明先生一次就給了十圓。」

「杜聰明先生也贊助過稻江義塾。我們從六館街搬到下奎府町，一些建物的修繕費用，他也出力過。只是啊，」稻垣聳聳肩膀：「我們實在不容於一般社會，他骨子裡是很慈悲的，但畢竟是高官，扶助乞丐是還好，和我們這種一天到晚惹事，還跟娼妓扯上關係的，還是有點疑慮吧？所以他就私下贊助我們就好，叫我們別聲張。我有錢替那些學生付學費，就萬幸了。」稻垣的說話方式讓人發笑。

「杜聰明先生受到台灣總督府專賣局囑託，研究鴉片、煙膏及鴉片副產物的性質及反應，所以他建議我可以收一些有毒癮的乞丐，我們一起聯手，不僅撲滅乞丐，也撲滅鴉片毒。但是，這些有癮頭的乞丐真是讓我目瞪口呆。我真不知道該怎麼處理他們的問題。像今天的這個女性吧，腳爛成那樣，那雙臭腳真的是武器，要是站在人家店面，做生意都沒辦法。癮頭起來，受不了，跑掉了，接下來不知道會做什麼事情來討錢買毒。」施乾的眉頭又皺在一起。

「別想了，我們做能做的事情，下次見到她，跟我聯繫，我們再一起把她抓回來。」稻垣安慰施乾。

「希望能遇得到她喔……這種症頭，到時候會死在哪裡都不知道。」施乾說。

在他們談論的過程中，雨卿發現大國異常沉默。回想起來，一直熱愛昆蟲研究的大國，是因為被指派研究罌粟害蟲而辭去職務的。在他家的期間，大國帶領雨卿在吃飯前祈禱，完畢時在胸前畫十字聖號，雖然雨卿並不了解它的意義，但是大國夫妻臉上的光輝，令他感受到一種聖潔。

當施乾他們談論起毒癮時，大國可能想到了自己渡台後的選擇，不得不離開的苦衷。大國說，那是為了自己信仰的良心，他不能為了政府的利益進行對人類有害的研究，但是人處於生命轉折的路口，究竟要如何抉擇？施乾、稻垣以及原本也在總督府農業試驗場工作的大國，展現了各自不同的勇氣，這幾個人的生命，撞擊到雨卿的思想。

「話說回來，你提到的張維賢，哈，我們習慣叫他『保伯仔』，他的劇真是棒。」施乾說：「雖然他沒有能力贊助我們，可是他利用演劇的機會，替我們愛愛寮跟稻江義塾籌經費。他現在到築地小劇場去學習演劇了，我們收到他的葉書，說回來時要帶電盤回來，準備在演劇的時候打光耶。真是等不及要看看。」

「他之前不是在連雅堂的書店工作，選進來要賣的書？他選的書還真的沒有人要買要看，我想他的品味應該是很特別的。」稻垣維持一貫的戲謔說法，施乾拍了拍他的手臂，示意要他收斂一點。

「不過，保伯仔也來學過世界語喔，連溫卿的世界語協會一路搬，從春風得意樓搬到我的稻江義塾後，他也來學過，不過他最大的興趣，還是在演劇啦！」稻垣偏著頭，一邊回想。

「只是最近，世界語的推廣好像出現了一點問題？」施乾問。

「大概是我們這幾個人都不是太守秩序吧？孤魂聯盟辦的世界語講座，參加的人寥寥可數，可能是怕跟我們扯上關係。而且只要我們出現，警察就會來啊！所以龍山寺前的講授也行不通了。連溫卿是希望能多多推廣*La Verda Ombro*，所以積極跟外國交換刊物，但是本島如果世界語的推廣狀況不好，再交換也沒用啊。」稻垣不耐地搔搔頭。

「這次雨卿北上台北，也是為了世界語的廣播節目。」大國忽然說。

施乾和稻垣看向雨卿，雨卿突然雙頰發熱。事實上，他是極不願意提到這件事的，但是既然大國提起，那麼……

稻垣盯著紅了臉的雨卿，似乎明白了什麼。他幽幽地說：「本島日本人要製作世界語廣播節目的消息，我是知道的。真是羨慕他們能有這樣的經費，在推廣世界語方面，還是需要他們這樣的力量。但是……」

雨卿望著頭髮、鬍鬚散亂的稻垣。

「但是，世界語的中心思想，是超越民族、超越信仰的人道主義，柴門霍甫先生不就是身為弱小民族，因此想要替被強國環伺、欺壓的弱勢爭取平等權，希望有朝一日，我們能站在平等的立場，捨棄己見，共建一個和平的世界？因此，學世界語，如果只是學到這個語言，那只是毛皮，重點是要體會這個語言背後真正的涵義。」稻垣的口氣非常嚴肅。

「我很贊同稻垣先生的看法。」雨卿理解稻垣對他的體貼，更加確定自己對世界語的看法是沒錯的。

「我之所以尊敬施乾先生，是因為他把乞丐當作人一樣的對待。我的人類之家也是，人類之家就是人家的家，任何需要的人來，我們都歡迎，在這裡，不分你我，『我』把『你』放在『我』的裡面孵育，『你』的裡面也有『我』的存在，這樣才能有世界和平。」

稻垣慷慨激昂。

此時，傳來鐘聲，施乾說：「吃午飯了。」示意要大家起身一起吃飯。

只見稻垣起身，伸了個懶腰說：「不吃了，肚子不餓。」就走了出去。

許多人忽然從愛愛寮的屋舍出現，拿著自己的碗，準備吃飯。

大國也一併告辭，帶著雨卿行禮後走出來，施乾準備要忙碌了，因此沒送他們出愛愛寮。

「我們自己解決午飯，不要浪費愛愛寮的食物。」大國低聲對雨卿說。

稻垣背對他們，向著天空再次伸了懶腰，大大地吼了一聲：啊！

稻垣提議帶雨卿去龍山寺看看，大國則說他先去學校，因此叫了人力車離開。

稻垣與雨卿慢慢走著，稻垣講起愛愛寮再過去一點就是綠町消毒池，台北人的屎尿，有一部分是排到這裡，進行殺菌、沉澱，然後再批發給肥料商，小賣給需要肥料的農民的。

「這就是政府，人民自己排放的屎尿，只是經過他一手的殺菌，竟然又轉賣回人民的手上，人民買自己的屎尿去耕作種植，再吃這些穀物維生，你不覺得很諷刺嗎？我們為什麼需要政府存在呢？」稻垣走路的方式，肖似台灣的七爺八爺，手腳大幅度擺動，有一種肆無忌憚的頹廢氣息。

「況且，撲滅乞丐，怎麼會是施乾一個人的事情？這是眾人之事。如果真的需要政府存在，政府該做的事，就是撲滅乞丐、辦教育這類的事情，結果，我們有了政府，卻讓一個平民百姓去負擔原本該是政府的事？」稻垣乾乾地笑：「有幾次，我被警察抓去派出所，他們問我是不是真的反政府，主張無政府主義。我以乞丐跟無法受教育的人這些事情舉例，告訴他們，這是政府的責任，但是政府沒做的話，我們為什麼需要政府？」

雨卿吃驚看著稻垣，感覺到這個人還生龍活虎活著，真是奇蹟。

「結果，那個警察，一拳就打在我肚子上，說我還好是日本人，否則就死定了。還好那時沒東西吃，不然整肚子的東西吐出來，不就浪費了？」他哈哈大笑。

稻垣提議去吃油粿，想來，應該也是跟大國一樣，不願意吃掉愛愛寮的糧食。

一團從熱豬油中撈出來，炸好的油粿，加上鹹甜的醬油膏、白米醬，午間時刻，肚子實在餓了。雨卿堅持要付錢，聽到雨卿說這是自己對人類之家的一點敬意，稻垣也就爽快不再掏錢。

稻垣領著他到樹下蹲著吃。燙口而香氣四溢的油粿，用竹籤切開，裡面的芋頭鬆軟，雨卿沒吃過這樣好吃的食物。

稻垣三兩下就解決，起身要頭家在餘有醬料的碗裡注入一杓湯，稻垣端著碗蹲回樹下，竹籤在湯內攪了攪，呼嚕呼嚕地喝湯，隨後，雨卿也照做，混了醬油膏和米醬的白湯實在太美味。

將碗端回去還給頭家，頭家順手將吃完的碗放回攤邊的水桶內。

稻垣帶著雨卿走入龍山寺，彎到廟埕的一座石燈籠下，要他看下面的基石蹬柱。

雨卿彎下腰，仔細打量，看到了兩行字。

TEMPO ESTAS MONO.

時間勵行

「時間就是金錢。」他默念世界語後，在心裡翻譯。

抬起頭，只見稻垣對著他微笑。

「這是昭和二年，啊，以世界語的紀年是西元一九二七年，蘇壁輝捐獻這個基石時，要求在上面刻的字。我想帶你來看看。」

雨卿環顧四周，上香的信徒虔誠持香膜拜，有的蟄伏在地上行大禮，在廟側，還有菜姑拿著一束香，替母親抱在懷裡，正在哇哇大哭的嬰兒收驚。

雨卿忽然感到安慰。世界語的講習，曾在這個人來人往，有許多乞丐、香客聚集神佛之地舉辦過，而今，世界語的金句，深深鐫刻在這座廟的某一處，不被忘記，也不會忘記。

也許曾付出的所有都是值得的，也許。

第七章

綴果・鳴蟬

從台北回來的雨卿，與小操相聚不久，又投入了一個戰局，他要到京都去考文檢。

從台北回來的雨卿，似乎有點改變。小操感覺，不知道什麼原因，他變得堅實，說話依舊溫柔，但帶著一種不易察覺的堅強。

他送了一本世界語和日文對譯的字典給她，但雨卿可能不知道，她可是從小看到書就頭痛的小孩。

雨卿說要去考的文檢，是非常困難的考試，一般本島人會選擇比較簡單的書法科或家政科來考，因為這幾科比較重視實作，而不是學科測驗。從來沒有聽說過有本島人通過動物科的中等教員檢考試，即便他之前已經考過了生理衛生科，但動物科的困難度是加倍的，小操很擔心雨卿的努力會白費，卻不敢阻止他，怕傷了他的自尊。

臨行前，小操硬是塞了一些錢讓雨卿帶著當旅費。雨卿選擇京都，是因為牧先生在那裡可以就近照顧。

牧先生已經以蛇類分類學的研究，取得了理學博士的學位，雨卿認為這是好預兆。

休假回家的小操在家裡，因為思念雨卿，悶悶不樂，提不起勁。梅子看到這狀況，提議去看歌仔戲。

鑼鼓的聲音在廟埕上迅速傳開來，與周遭的蛙鳴此起彼落，像是合奏，又像是爭吵。人們從午間雷陣雨後，還帶有濕氣的泥土路走來，遠遠近近的樹似乎也跟著鑼鼓聲擺動著，然而當眼睛認真注視被夜色湮沒一段的樹林時，卻又發現它們的節奏並不和諧，樹，有自己的律動。

廟埕的中央有竹架、木板搭成的戲台，戲台後，已經開始演出自己的戲碼。塗著粉墨胭脂的小旦，頭戴珠翠，掀著華麗的戲服，正在為懷裡的嬰兒哺乳，撫摸嬰兒臉蛋的手，只有手掌的部分塗上粉，手腕以上的部位卻是粗糙的蠟黃色。小生對著鏡子畫臉，眉毛粗長，描得眼睛又大又圓，更拖出長長的眼尾，英氣十足，習慣性比起食指與中指，指著頭冠，要徒弟拿過來給她。這個俊俏的小生，也是女性反串的。

故事即將開始，而這些戲台後的生旦即將走出舞台，演出既屬於她們又不屬於她們的戲齣。屬於她們的，是她們穿在戲服下的身體，以及擱在後台，許許多多的心事：將哭的嬰兒，等著吃飯的徒兒，還有戲已經開始，卻不知道已經跑到哪裡去喝酒的丈夫。不屬於她們的，是她們即將唱出的每一句歌詞，講的每一句台詞。這些歌譜已經變成了祕密，用口耳傳播、學習，她們甚且無法將它寫下來，因為不識字。但是，每句台詞歌調記得滾瓜爛熟，對戲起來完全沒問題。

戲也在許多「禁忌」中上演。不能說「蛇」，要改說「溜」或是在十二生肖當中，「蛇」的排行「六號」。不能吃「豬舌」，不然唱戲會「大舌」，不能吃螃蟹，因戲團祖師爺田都元帥本是棄嬰，被丟棄在田埂邊，是螃蟹濡出白沫餵養才得以存活的。不能吃豬肺，否則演的都是「豬戲」㉑。禁忌，就是不能說的台詞，不能演的橋段，不能出場的劇目。

以前的歌仔戲，不管小生或小旦，都是男人扮演的，但現在，女人也可以上台了，演的是女人本身，演的也是男人角色，不管敘事者到底是男人或女人，都由她們來訴說。最後，男性竟然只能在歌仔戲中跑龍套當武打。

「今天這台戲是『狸貓換太子』。」梅子告訴小操。

梅子特地選了晚間戲，帶著小操一起來看。然而，當然是由小操去向母親說，自己出門找朋友，要梅子陪著出門。她們一出門，梅子便拿起預先藏在門邊草叢的「椅頭仔」，一個給自己，一個預備給小操。

其實，歌仔戲的內容，小操看不懂，他們唱的歌，她也不盡然聽懂，但是不知為什麼，藉由看歌仔戲，她有一種很安心的感覺，彷彿就在雨卿身邊，與他如此靠近。

梅子說，這些歌仔戲的故事，她從小看到大，情節已經非常熟悉，甚至連台詞她也會背了，但是每每遇到有戲，她還是想來看，情緒也跟著起伏，歡笑、哭泣，然後盡興回家。

小操覺得這真是一件有意思的事。

為什麼同樣的戲，演了那麼多次，在同樣的地方還是會落淚？

因為世間太苦，故事宛如纏上麥芽的竹筷，掉在地上就黏住人生的毛屑砂土，表層髒汙的糖蜜，無人能嘗。

台上的戲，都是熟悉的故事，坐在戲棚下，眾人都知道結局。

故事在行進時，並不知道自己載負的祕密，而觀眾知道它的未來，祕而不宣，人們屏息，準備為即將到來的哀愁心碎——就算此時此刻，戲台上是捧腹大笑的。人們在淚水中，懷著一絲希望，因為他們知道，歡喜的結局，終將到來。

梅子以快速、簡略的口吻向小操敘述故事的梗概。

中國宋真宗的後宮中劉妃與李妃同時有孕，李妃先生下了皇子，劉妃嫉妒，就用計謀，買通了宦官郭槐，用一隻剝了皮的狸貓替換了皇子。皇帝以為李妃產下怪胎，便懲處李妃，幸好宮女寇珠和太監陳琳私下保全了李妃生的皇子，送到八賢王那裡。李妃輾轉流落民

㉑「豬戲」和「豬肺」在台語中發音相同。

間，劉妃之子卻不幸死亡，八賢王將李妃的皇子過繼於真宗，數年後即位為皇帝，一次賑災中，老陳琳與李妃相遇，揭開了這段偷天換日的故事。

「想當初，宮中走動，我是天下第一寵。

伴君側，揚眉吐氣又洪福齊天。」

這是一手遮天的宦官郭槐，志得意滿的出場。

「啊，時到如今，鳳凰斷翅陷困境。

上蒼啊！眾神應當來可憐。」

傷心欲絕的李妃，獨自哀嘆自憐。

「世事多難如眠夢，誰能料想，半世榮華半世窮。

李妃啊，沉冤大海難洗清啊難洗清，可憐討食度餘生啊度餘生。」

台上的眾人合唱。

「啊，雖然主命難違，寇珠我實在真難為。

明知你幼幼的性命受冤枉，

卻愛將你丟在冷冷的溪水中。」

寇珠抱著襁褓中的孩子，萬分不捨。

當李妃欣慰地看著已經長大成人的兒子成了皇帝，半生的勞苦獲得了補償，忍不住懷抱著兒子痛哭失聲。

台下的觀眾，幾乎都流了眼淚。

小操的思緒飄到更遠的地方去。

若是雨卿在身邊，他可能會笑笑地指出，人生出剝了皮的狸貓根本是不科學的，不足採信。所有的事情皆有其科學根據，應當理性求證，找出正確的解答。

然而，為什麼會有人的命運就是如此被擺弄？冥冥之中，是受到什麼牽引嗎？人生的答案究竟要去哪裡翻閱資料？當愛情已經排山倒海而來，是否真的有人能奮力以對，站在浪頭上？

許多疑問像是寇珠手裡一直抱著，像是怪物的「嬰兒」，台上的角色往襁褓裡一看都嚇失了魂，然而台下，誰也沒看到嬰兒的樣子，誰都想上前去拉開襁褓瞧一瞧，但是因為戲劇中，說他是怪物，大家就認為那是怪物。

知道雨卿會是那個尋求真實答案的人，全場只有小操而已。小操為自己發現了這個祕密，輕笑起來。

這時台下觀眾，多半落了淚。

柳得裕破除了學徒要學三年四個月的慣例，很快出師。矮仔師說他幾乎沒有什麼可以教他了。柳得裕此後可以獨當一面，開始接案子，由於畫法新穎流行，他的彩繪案幾乎接不完，於是做個順水人情，商請以前的同門師兄弟幫忙做一點打底、上基色的基礎工作，一些無法出師，只能做「油司」的師兄弟，為了餬口，什麼工作也得接。

柳得裕不是每次都能遇到讓他自由發揮的主人家。有一次，善化當地的一戶富戶人家請他去彩繪，明說要富貴滿堂的氣氛，結果柳得裕設計的富貴牡丹圖卻不受青睞。

「看起來跟其他的花一樣，哪有什麼富貴的氣氛？」屋主並不滿意。

柳得裕用深淺粉色分層畫出的重瓣牡丹，鋪上了淡彩金粉，將東洋畫的作法改良應用在家宅彩繪上，屋主卻不解風情。柳得裕氣得立刻要助手全數塗白。

隔日，他爬上竹架，拿了細筆，一筆一筆畫出平鋪的現行紙鈔，像是照相一樣，鉅細靡遺地畫在牆上，三張並列，號稱三者為多數。

屋主湊近一看，立刻笑逐顏開：「好像真的鈔票貼在牆上一樣，這才有富貴、賺大錢的感覺啊！」

這三張鈔票立刻讓柳得裕遠近馳名，接下來的彩繪案，皆指名要畫上紙鈔，甚至連有意境的空白處，主人也希望柳得裕多想想是否有代表財富的圖案可以填滿。

這股「紙鈔畫」的風潮，引發警察前來關切。

警察聽說有人把紙鈔逼真地畫在牆上，擔心是否有偽鈔的疑慮，凡是家裡畫有紙鈔的，一間一間前去檢查，也要柳得裕陪同說明，最後在柳得裕應允會在紙鈔畫的細部作修改，不完全仿畫紙鈔，以後也不會再畫這類圖案的保證下，這波風潮才逐漸平息。

坐在畫室內的柳得裕，連日來為了紙鈔事件奔波，身心備感疲憊。家宅彩繪似乎停留在某一種古老的時空裡，顏色、構圖、題材一直沒有創新。

如果每個彩繪師只能照著既有的傳統走，那麼花費那麼多時間學藝，只是延續著前人的足跡而已，彩繪師自己的特色又在哪裡？

在熱鬧的街頭，照相館的數量已經相當多了，要拍一張擷取實況的照片已經不難。原本只是賭氣所畫的仿真紙鈔，竟引起這麼大的風波，是他始料未及的。

繪畫，是賦予物件獨特的生命力，以畫家的角度詮釋出來，他一直認為繪畫比照相更有藝術感。

「畫家」這個名詞，讓柳得裕渾身打了個冷顫。

胡奕垣打聽到仲吉哲哉受邀到台南師範學校短期任教，興奮地問柳得裕要不要一起去畫室向他學油彩。對於學習東洋畫的人來說，繪具的費用常常變成生活中無法承受的負擔，於是一些人興起轉向學習其他畫類的念頭，例如水彩或油彩。

畢業自東京美術學校的仲吉哲哉，以油彩畫作「圓山風景」入選第一屆的台展，算是小有名氣的畫家。柳得裕不需工作的時候，便到畫室去跟他學油彩。

仲吉受的繪畫教育一直是西洋畫的範圍，雖然說柳得裕向自己拜師學油彩，但是柳得裕的出現讓他意識到一種藝術技巧融匯的可能性。

仲吉感受到柳得裕的畫風裡，帶著讓人無法忽視的特質。因為本業做的是家宅彩繪，柳得裕受到嚴格的訓練，承襲了彩繪師的傳統，在家宅各處的彩繪都有特殊意義，背後蘊含著文化的意涵和象徵。相對於習慣以華麗、繁複帶著傳說故事的家宅彩繪，柳得裕也有水墨畫的基礎，懂得留白、筆墨揮灑的意境，加上他對於油彩的興趣，在繪畫時，整個人的熱情全部傾瀉於畫布上，仲吉看到他的用色，以及顏料筆觸的厚薄使用，意識到自己不只是個指導者，同時也是觀賞者。

「油彩的色彩美，美在它的色塊。」仲吉指著自己畫作說：「色塊與色塊在同一個構圖中，要考慮色彩關係搭配出來的美感，有些是協調美，但是衝突也是一種美。」

仲吉轉向柳得裕畫的人物像：「你可以考慮使用冷暖調的色系來調整畫作。用冷色調的顏色，可以帶出寂寞、淒涼、孤寂的感受，用暖色調，給人溫暖、協調、希望的感覺。」

當初想學油彩，是因為可以自由使用顏色，甚至以顏色來決定色調。柳得裕已經無法滿足於在某人的家宅上彩繪，在一塊一塊分割的空間內，畫上的永遠是吉祥如意、子孫滿堂、八仙過海等等的主題而已。他有許多想以繪畫傾訴的話語，他覺得唯有畫布可以承載這樣的重量。

仲吉後來沒有收柳得裕的學費，反而要求柳得裕以教他書道（書法）來交換。彩繪師必須寫得一手好字才行，因為家宅彩繪有題詩題句的需求，知名的彩繪師會在壁畫落款，讓出錢的主人有面子，觀賞的來客便在其後慕名而來聘請，牽成生意。

起先，因為固有的觀念，柳得裕並不喜歡日本人，跟著仲吉學畫只為了習得油彩的技巧，與仲吉保持相當的距離。但是相處時間一久，柳得裕感覺到仲吉對傳統彩繪技巧的欽佩，便應仲吉的要求，帶他參觀廟宇的彩繪，解說給他聽。

「門板上畫的是門神，有一定的比例，大概頭、身一比六。」柳得裕帶仲吉在大門邊站定。仲吉細細湊近看門神的服飾紋樣，大為驚嘆，簡直與和服腰帶的細緻有得比。

柳得裕聽到仲吉的感想，忍俊不住。把彩繪的技巧和和服腰帶拿來相比，真是以管窺天。光是解說門神服飾上的圖案，矮仔師就花了許多時間講述，若是遇到大廟或是三進的大家宅，每進門的門神需要講究位階，也需要考慮該廟的主神。

「媽祖廟的中門，要畫宮娥和太監，宮娥的手上可以捧花瓶或是酒瓶，代表久長、平安。太監可以畫一老一少，手捧香爐、桃子、珊瑚，是諧音的吉祥。」矮仔師一邊畫，一邊說：「若是遇到關帝廟，門上只有金色的門釘，關帝君本身就是武聖了，哪需要請門神來顧門？」

矮仔師若是心情還不錯，便繼續講述：「門神也可以用文官，文官要一品服色。可以用明代的服飾，宮娥挽髻簪花，太監戴梁冠。中門的神也可以畫太子冠，或是戴展腳幞頭、唐朝的翹腳幞頭。」

「手勢，」矮仔師一手拿版尺，一手拿毛筆，卻一邊揮舞，做出手勢：「每個門神的手勢都不一樣，有不同的意義。手上拿的東西也是，南方增長天王，畫青色的，穿甲冑，手握寶劍；東方持國天王，畫白色，手拿琵琶；北方多聞天王，畫綠色，手持傘；西方廣目天王，畫紅色，手中抓一條龍，代表風、調、雨、順。」矮仔師一邊講，一邊像打拳一樣做動作，神似廟口喊拳賣藥的，動到竹架搖搖晃晃，讓底下的徒弟急忙湊近穩住師父騎坐在上的竹架。師父是靈魂人物，要是摔下來不得了。

想到那個畫面，柳得裕忍不住發笑，仲吉以為柳得裕理解他對廟宇彩繪的領會，也跟著笑，並不知道他們笑的，不是同一件事。

展開一面新的畫布，與面對一片打好底的牆壁或門板，是全然不同的心情。

矮仔師指點過柳得裕，若是牆壁空間夠長，可以考慮使用「界畫」的手法：「所謂界畫，就是以筆、直尺來畫，用很直的線條來畫建築物，像房厝、宮殿、橋或是居家環境。可以用連載的故事來串起一整面的界畫，用故事來做整面牆的主題。」

但柳得裕最不喜歡這種畫法。他隱隱約約覺得，終有一日，繪畫可能被照相取代，這種界畫，是繪畫式的「照相法」，只是如實用線條把東西刻畫出來，哪有什麼意思？

可是油彩不一樣，柳得裕可以用各樣的方式來表現自己的喜怒哀樂。他記得仲吉跟他說過，西方的畫家似乎有一種習慣，喜歡將自己當作對象畫自畫像。

「像是看鏡子，卻不是鏡子，因為鏡子真實反應自己的臉，但是畫家畫出來的自己，一定跟鏡子裡的不一樣。說畫裡的那是自己吧？也不是，當自己被畫出來時，你就變成了一幅畫，看觀賞者怎麼解讀你，你就是那樣。所以，自畫像，我覺得，畫的應該是畫家的靈魂。」

「況且，我畢業的東京美術學校的傳統，就是所有的學生在畢業前都必須要畫一幅自畫像當作作業。」仲吉的語氣帶有懷念。

柳得裕的心裡，起了波瀾。

他想到，自己畫的家宅彩繪，過程細膩複雜，但是離開時，除了酬金，什麼都帶不走，整屋間的彩繪變成了別人家裡的裝飾，唯一屬於自己的落款，也在別人家裡的壁上。

但是他可以在畫布上，畫上完全的自己，全部是自己。

他迷上了畫自畫像。

除了本業的彩繪外，他喜歡照鏡子，畫自己。

透過凝視自己，他發現自己的眼裡有憤怒，有不滿，還有一種不被了解的孤獨。

儘管仲吉以從未有自畫像的主題入選過台展為由，要他先暫緩，不要毀了首次參展的機會，但他仍然決意要用這幅自畫像參加台展。

柳得裕藉由這幅自畫像，看到了深層的自己。畫中的自己，戴著圓框眼鏡，但實際上的他，沒有戴眼鏡。他替自己畫上了眼鏡，那是試圖看清事實，對於新世界渴求的象徵。

他不以畫門神時使用的「四顧眼」手法來畫自己的眼睛。四顧眼的畫法，可以讓來者不管站在哪個角度，都能感受到門神的眼神炯炯有神，彷彿生人凝視著世間。柳得裕畫出自己細長的眼睛，讓眼皮有點低垂，彷彿望著作畫者，正在思索，也正在抵抗。抵抗的意志尤其能從緊抿的嘴唇看出來。他畫出自己穿的大翻領外套，扣子直扣到脖子，沒有鬆散的一刻。他以塊狀的油彩畫出自己微捲的頭髮，配上瘦長有刻紋的臉，紀念自己花費在家宅彩繪的青春時光。

這幅畫作意外入選第三屆台展，這個從未接受過正統學院美術教育的家宅彩繪師，驚動了畫壇。

柳得裕決定在故鄉麻豆，替自己辦一個小型的畫展，把自己歷年的油彩、素描作品展出來，其實，他更希望，除了大戶人家與廟宇請他去做彩繪之外，他能賣出幾幅作品，證明自己的西畫也有人欣賞。

梅子特別請小操幫忙，讓她能從幫佐伯夫人拆縫和服的繁雜工作脫身一下，她想去看柳得裕的畫展。

梅子來到佐伯家才發現，日本人每到春季，習慣將一家大小的和服拆縫漿洗。經由這個過程她才發現，原來和服的各部分幾乎是直線剪裁的，因此，把衣身、袖子、領子拆解下來之後，可以拼回一塊長方形的布料，將這些布料縫合成大一塊後，仔細清洗，然後把布繃緊在兩根竹棍上，綁在適當長度的兩端，通常是綁在佐伯家庭院的兩棵樹上，然後再抹上米做的漿糊，在太陽下曝曬幾天，如果遇到陰雨天，就必須收進屋內，一樣要鋪平晾乾，等好天氣再拿出戶外。最後再拆解布塊，將和服縫回原狀，這樣就能得到一件幾乎全新的漿挺和服。全家大小的和服這樣拆縫下來，少則一個月，多則一季，都在做這件事。

梅子最怕拆縫八重夫人的和服。她的和服質料多樣，有的能曝曬，有的需要間接陰乾，有的質料要繃好幾次才能平整。八重夫人時常抱怨台灣這裡沒有專門的拆縫師父，得自己動手做，於是拆縫的過程便有許多怒氣會發洩在梅子身上。

小操自己不擅這類針線活，也能理解梅子的痛苦，於是找機會避開母親，帶著梅子出門去。她察覺到梅子提到這個畫師時，有些異樣的情緒。

循地址找到偏僻的展場，梅子發現沒有人來觀賞，只有落寞的柳得裕坐在充當展場的畫室一角，繼續畫他的油彩。空氣中，飄散著油料和顏料的氣味，梅子似乎還能聽到他的筆刷，在某種粗糙的表面上摩擦而過的細微聲音。

也許是他的背影摩擦過她的心，所發出來的聲音。

柳得裕看到梅子與小操，起身擠出笑容來接待。

「妳來了。」柳得裕先對梅子問候，然後對小操行禮。

「聽說你開畫展，我特別請我們家小姐讓我來看一下，等等就要回去了。」梅子幾乎無法直視眼前這個滿頭雜亂捲髮的人。

小操開始觀賞牆上的畫作。雖然她並不懂美術，看過的圖畫也僅限雨卿親手如實描繪的昆蟲細部圖，然而她感覺到柳得裕的畫作表面在晃動。

再湊近一點看，她看到顏料或薄或厚，或是一筆帶過，顏料瞬間留存著筆觸的力道，細微起伏於表面，是畫作呈現的生命力，讓她感覺到畫面在輕輕微顫。

這幅畫作，畫了一叢花，盛開的花朵插在略小的劍山上，放置在桌上，靠近邊緣的地方，好像隨時會墜落。那種花朵怒放的豐盛與桌緣岌岌可危的危險，構成了一種張力。

「我聽說，你的作品入選台展，真恭喜你。」梅子說。

「也沒什麼，妳看這個西畫展這兩天幾乎沒人來看。我想我還是回去當彩繪師還比較有發展。」柳得裕失落地說。

「沒這種事情。」梅子忽然有點激動：「你的才華大家都知道，無論是彩繪還是畫油彩，都能做得很好，你沒有不能做的事。麻豆這個地方小，沒人知道什麼是油彩，可是外面的世界已經肯定你了。」

「梅子知道什麼是油彩？」小操捉弄梅子。

梅子一時漲紅了臉：「我是不知道，可是，」她勇敢仰起頭對柳得裕說：「我知道，你只要想做的，都可以辦到。你一定可以。」

柳得裕看著這個仰望他的女孩，不知道為什麼，浮現了她幼年時與他們家兄弟姊妹嬉戲的樣子。

像是要掩飾什麼，梅子轉向方才柳得裕坐的位置：「你剛剛在做什麼？」

「最近我阿爸又住院，需要醫藥費，所以我手邊沒什麼錢，但是閒來又想畫，所以把以前不太滿意的作品拿出來，重新刷上底色，就這塊畫布，再畫一次。」

只見畫布的一半已經塗了白色底色，沒塗上的，透露原來應該是畫了有樹的庭園。

「這是畫油彩的好處，畫布可以再用一次，反正畫上去，人家也不知道下面那層原來是畫什麼。」柳得裕笑著說。

梅子感到心酸。她知道，柳得裕是家中長子，出師之後，一直努力賺錢，供給弟妹吃飯讀書。他總騎著一台腳踏車來回工作地點，有時來回需要三四個小時。

她偶爾回家時，聽到母親跟附近的鄰居閒聊：「那個阿裕仔，騎那台孔明車去做工，整台車像要解體了，嘰嘰嘔嘔的，整台車都在響，只有車鈴不會響。」

她也知道，柳得裕騎著那台快要解體的孔明車，參與文化協會的活動，幫忙發傳單，甚至在菜市場演講，被警察抓，麻豆派出所不知道進進出出幾次了。

她還知道，柳得裕其實去過東京，在美術學校進修，希望自己能留在東京學美術，但是他的阿爸得了肺病，他得回來再畫家宅廟宇，賺錢支撐一家子。

她多麼心疼他，勝於自己，勝於因為拿小剪刀拆和服的縫線拆到手起水泡的自己。因為他是有夢想的人，自己可能這輩子只能在人家家裡幫傭。

她喜歡過年時，八重夫人放她一兩天假，讓她回家的時刻。她帶著母親去廟裡拜拜。然後在廟裡各殿特別虔誠跪拜，時間久到連母親都不耐。

唯有她心裡知道，自己真想在這間廟裡流連不去。這間廟因為要請哪個彩繪師雙方意見爭執不下，因此請兩方彩繪師以左右兩邊劃分界線，各畫半部空間，稱為「對場」。

被請來做「對場」的彩繪師，往往各有擁護者，實力不容小覷，於是雙方人馬商量好對等空間的主題，拿出各自的本事來畫。

這間廟的右半部空間，就是柳得裕畫的。怎麼看，都是柳得裕的場贏了。她能讀到柳得裕用心設計的細節。

她看到中進木梁上的瓜筒，較通常的比例來說較為修長，柳得裕就著原型畫成如意的形狀，在邊緣貼金強調華麗與對比。

另一處的瓜筒稍嫌扁平，他便以瓜身留白、邊緣地帶漸層的方式，用畫法遮掩木作的缺點，讓瓜筒看起來有膨脹、飽滿的圓潤感。她想像柳得裕不僅用圓漆刷梳費時地慢慢做出暈染的效果，還以手指緩緩來回撫擦、推抹，手指的溫度讓顏料的特色發揮到極致。

她一直在廟裡尋找柳得裕的落款。廟宇不比家宅，家宅可以任意由彩繪師署名落款，但是廟宇是公共空間，彩繪師的落款不能堂而皇之出現，除非彩繪師的書道、詩文聞名到受邀在廟宇裡留詞題字。

像是尋找密碼那樣，梅子在廟宇的彩繪裡找尋柳得裕的落款。她喜歡他的字，帶著流暢的筆運和一種敦厚的字體。

她在一根梁柱的角落處看到了一個畫成八卦形狀的鐘，比瓜筒小，巧妙地嵌畫在那個柱子的小空間裡。八卦，有辟邪鎮煞的寓意，那麼畫時鐘，到底是為什麼？梅子站在底下想了很久，得不到解答。

梅子在時鐘面上，看到了小小的Ryutokuyun。她在其他的廟宇看過，這是柳得裕日文名字的羅馬拼音。彷彿與他建立了無形的連結，梅子露出滿足的笑容。

梅子可能回到柳得裕站在竹架上描繪著這個時鐘的時刻嗎？

經過衡量，柳得裕發現這個小空間對到了前殿的簷角，算是個角煞，但是這裡卻是個構圖完後的留白處，該怎麼處理？他想了很久。剛開始想畫個八卦鏡，但八卦鏡內該是什麼？他想到，某次去到台北時，他在艋舺的一處家宅中，看過彩繪師畫上了一個時鐘，符合新時代要求守時的科學觀念。

靈機一動，他把八卦鏡與時鐘結合在一起，正好為這次的彩繪作紀念——時鐘畫上的時間，就是他完成這次彩繪的時間。

「那麼，柳先生入選台展的是哪幅畫呢？」小操的問題將梅子拉回現實。

「是我的自畫像。因為畫的是自己，所以沒有拿出來展。」柳得裕說。

「自畫像嗎？」小操覺得有意思：「畫自己是個很有創意的嘗試。」

柳得裕說起，仲吉說過一個畫家叫林布蘭，特別喜歡畫自己，因此留下了許多自畫像，如果將它們按照時間排列起來，就說完了這個畫家一生的故事。

聽到「一生」，梅子不由得起了雞皮疙瘩。多麼沉重的一個詞。

「那麼，柳先生接下來計畫要繼續家宅彩繪，一邊畫油彩嗎？」小操問。

沉默了一下，柳得裕說：「有朋友邀約，我想到支那去看看。」
梅子被這個答案劈得無處可躲。
「這樣呀。」小操看了看梅子，轉向她剛剛觀賞的那幅盛開花圖。
「柳先生，請問你這幅畫是不是能割愛？」她扶著畫框。
「那是我的第一幅靜物油彩作品，仲吉一直極力說服我拿這幅去參加台展，可是我沒選這幅。」
柳得裕走到這幅畫前：「我還是覺得人物比畫靜物有意思。如果佐伯小姐喜歡，就轉交給妳保存吧！」
「柳先生可以借我紙筆嗎？」小操問。
柳得裕轉身回畫架，遞了紙筆給小操。
小操在紙上寫了寫，摺好，遞給柳得裕。
「柳先生看看，這個數目能不能讓你安心把畫作交給我保管。」
柳得裕有點遲疑，打開紙摺。
他露出微笑：「不管價碼是什麼，全是佐伯小姐的心意。這個數目，如果佐伯小姐自己可以接受，我也願意接受。」

小操向柳得裕行禮：「這是對一個畫家的敬重。我會請梅子把錢送過來。」

梅子隔日趁著買菜的時候，將錢送到畫室。

柳得裕抬頭，看到提著菜籃的梅子，皮膚黝黑，頭髮側分，兩邊綁著辮子，白色的上衣，絳紅色的裙子，一把青蔥的鮮嫩蔥尾晃在菜籃外。

「小姐要我把錢送過來。」既然沒有外人，梅子對他講的是台語。

「多謝。」他也回答台語，順手接過裝錢的信封。

「所以，你真的想去支那嗎？」梅子咬著嘴唇。

「真的想去看看。我們彩繪師的源頭，人家說是源自福州畫法、蘇州畫法等等，可是我畫了這麼久，從來沒去過那裡看看。」

一種欲淚的衝動，讓梅子轉身，假裝自己看的是畫室內的圖。

「梅子，喜歡看書嗎？」柳得裕忽然問。

「偶爾會看看，但是，我沒讀多少書，就被我阿爸賣到人家裡幫傭了，其實識字不多。」梅子很心虛，她知道自己差了他一大截，這不是遮掩能夠弭平的。

「我有一本看完的詩集，不知道妳會不會喜歡。如果不嫌棄的話，送給妳好嗎？」她轉過頭，柳得裕的手上有一本薄書。

他遞給梅子，梅子被動地接過來。

「ハイネ㉒。」她喃喃念出發音。

「是一個德國的詩人，我很喜歡他的詩，希望妳有機會能讀一下。」柳得裕將書拿過來，翻到某一頁，指給梅子看。

「我尤其喜歡他寫的這段，這段是寫：啊，心啊，我的心。讓虛無征服你，忍受你的命運和痛苦。冬天從你這裡拿走的，春天會還給你。」

柳得裕以台語念出了這段日文譯詩，低沉的嗓音撞擊在梅子的耳膜上。

「有時間讀看看。」他闔上書，還給梅子。

柳得裕一生總共入選過四次台展西洋畫，最後一次是昭和九年，一九三四年的第八屆台展西洋畫。這幅油彩，名為「乙女」（少女）。

那日走進畫室的梅子，化身為油彩中，坐在一張鐵管打造的椅子上的少女。她並不看向作畫者，反而若有所思望著地面上的某一點，有點疲倦，也帶著不知所措的羞澀。柳得裕讓少女拿著書，輕輕擱在腿上，另一手緊張地握著椅子的把手，他也讓少女穿上了深色的褲襪，就像他在東京街頭看到的洋服少女那樣。

地上，放著一個菜籃，菜籃裡依舊是那把隨時想從籃子逃跑的蔥。而柳得裕在少女的身後實現了幼時的夢，他畫了一個童年的木馬，讓回憶隨之來回搖曳。

更重要的是，他讓少女的腳掌，連接在曲線纖細的小腿的腳掌，在畫面消失，只留下一圈鞋子的踝帶，在接近畫框的地方稍稍露出來。

他不想把她的腳畫出來，如果不畫出來，時光是否能就此停留，不再前進？

有時候他並不知道，自己到底追憶的是梅子，還是當時他們每次見面說話時，尚未受到傾軋的人生。

梅子從畫室走出來，發現龍眼樹上結了累累的龍眼果，她想，果實雖小，還是有可能甜的。她捧著那本薄薄的詩集，發現自己現在身處的，不是柳得裕說的冬天或春天，而是眾蟬鳴叫的夏天。

㉒ ハイネ，即德國的抒情詩人海涅（Christian Johann Heinrich Heine, 1797-1856）。

第八章

病葉・噪蛙

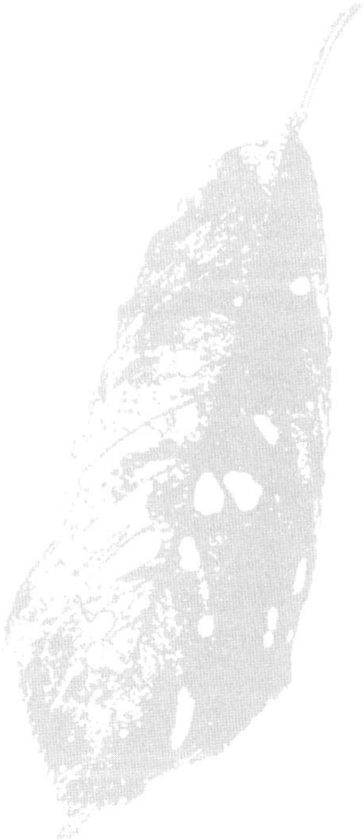

從京都結束文檢考試回到台南的雨卿，一直無法從深沉的疲憊中恢復過來。

除了學校的課程，他還有一件更大的任務等著完成，那是他在台北時所發的心願，聚集更多台南人來學習世界語，並且發行一份屬於台南人的世界語刊物。

儘管肉體疲倦，但雨卿的精神非常昂揚，著手進行世界語刊物的編輯，同時，他也接到大國督來信的請託，希望他能陪同剛到台南高等女學校赴任的國分直一去進行一場田野調查。

與其說是期待見到國分直一本人，倒不如說，因為國分的到來，雨卿感覺自己更加接近鹿野忠雄。

雨卿在《台灣博物學會會報》上已經讀過許多鹿野忠雄的學術論文。一般來說，博物學家的知識再淵博，還是會聚焦在某一類物種深入研究，然而鹿野的研究遍及天牛、蝴蝶、鰲甲蜂、蜘蛛、蝸牛等等。尤其鹿野登遍台灣的高山，這件事讓雨卿很羨慕。自己的人生多半都在學校裡度過，即便是採集標本，也未曾踏過鹿野的足跡所到之處，雨卿尤其想到紅頭嶼去看看。

國分直一生於東京，因為父親調職的關係，自幼就搬到台灣的高雄，在高雄受小學校教育，而後北上就讀台北高等學校。也是在這裡，國分和早早便立志要到台灣來讀書的鹿野忠雄相識，鹿野是第一屆的學生。鹿野很少待在學校上課，多數時間在山上採集昆蟲、動植物，或訪查原住民部落，喜歡登山探險。

他對國分講述了登山時的經歷、見聞，讓自幼體弱的國分對於台灣山地非常嚮往，也與鹿野成為好友，進而讓他對台灣風俗和民族學產生興趣。大國知道即將到台南赴任的國分想去拜訪一位特別的台灣人，可能需要一些幫忙，立刻想到雨卿。

國分曾在一篇文章中讀到西拉雅族人，把小壺甕當作守護神祭拜，於是想探究這方面的問題。他安排了幾個行程，特別把訪問郭主恩排入行程。他聽說，郭主恩雖然是個盲人，卻曾經留學日本，日語流利，又住在台南，應該可以提供一些當地民俗的資訊，尤其，他也想寫下曾在府城奉獻己力的甘為霖牧師的點點滴滴。

拜訪郭主恩的日子，已經是參加西拉雅族人祭典的行程的尾聲，祭典中那個小壺甕的形象，一直在他的心裡縈繞不去。

在茅草與竹子搭建起來的kuwa（公廨）裡，西拉雅族人吟唱著國分聽不懂的曲調，他盡力把發音記下來。

口含米酒噴灑的尪姨，整個夜晚神祕迷離的氣氛，讓他沉浸在一種探索、追尋的異樣渴求中，想直探他尚未碰觸到，還沒揭露的世界。

西拉雅族人對於祀壺的隆重，讓他印象深刻。壺身較大，開口較小的壺體裡，裝的是清水，族人在壺裡插上常見的菅芒葉或是甘蔗葉，非常崇敬地祭祀，kuwa裡還有一缸水，做過「向」的水，眾人心懷敬意取來飲用，國分詳細地記錄這些細節，這是他最珍貴的收穫。

郭主恩住在舊稱二老口街的東市場附近，距離盲啞學校並不遠。雨卿和國分約在盲啞學校的門口見面，一起前往郭主恩家。

相談之後發現，原來國分只小雨卿一歲。雨卿謙和有禮，讓內向的國分安心許多。在一旁客觀地記錄、調查民俗風情，是國分的興趣與專業，但是如何和別人互動、交流，對他來說是有點困難的。

郭主恩的家，是一處整潔的洋房，未待他們兩人自我介紹，等在門口的人已經出聲，講的是極為流利的日語：「初次見面，請多多指教。請進，郭先生在等候你們了。」

國分、雨卿兩人在他的帶領下來到客廳，看到郭主恩已經坐在桌邊等候，隨著他們走入客廳發出的聲響，他向著兩人來的方向微笑。兩人坐定後，國分出聲問候：「郭先生，我是國分直一，一起前來的還有台南師範學校的博物科助手王雨卿先生，特地前來拜訪，想要知道多一點有關盲啞學校和盲人教育的事情，請多多指教。」

郭主恩伸手觸摸桌上的茶杯，以手掌禮貌地示意，非常有禮地說：「國分先生、王先生，幸會，請喝茶。」

國分和雨卿接過杯子。

雨卿端視郭主恩，儘管沒有睜開眼睛，郭主恩的臉龐線條柔和而溫暖，穿著整齊的西裝，還戴上了一頂貝雷帽，時髦流行。拐杖掛在竹編的椅子上，他伸手便能取得，客廳裡有一台風琴，擦得光可鑑人。

「真抱歉，因為眼睛不方便，沒辦法到門口去迎接你們。」郭主恩說話變換成常體，不以敬語說話，國分一下子覺得跟他拉近了距離，空氣流動了起來，像是相熟的朋友。

國分的口氣輕鬆：「沒關係，不要介意。」

他喝了一口茶，放下茶杯。

雨卿發問：「郭先生曾在東京留學嗎？真了不起。」

「啊，那是托甘為霖牧師和伊澤修二先生的福氣。」郭主恩微笑回答。

「伊澤修二……是以前的總督府學務長伊澤嗎？」國分有些詫異。

「是啊。伊澤先生回去日本後，幫了我們的忙，讓我們可以去日本留學。」

國分拿出筆記本，翻開一頁，將萬年筆拿出來。

「日子過得很快，轉眼間，甘牧師和伊澤先生也過世好幾年了呢……」郭主恩的語氣裡有一種眷戀的意味。

突然，牆上的時鐘噹噹噹地響了起來，郭主恩笑了笑說：「你看，這個時鐘，是彈古箏的山勢松韻送給我的喔！我特別從日本帶回來的，它整點就會響，讓我知道現在幾點了。有人嫌它太吵，大家不知道，我們盲人，沒聲音是不知道現在幾點的。」

他摸索桌上的茶杯，準確地拿起來，喝了一口茶：「但是，即使不知道幾點，我也知道現在是白天還是中午，因為氣味不一樣。」

「氣味？」雨卿驚訝地問。

「嗯，氣味。若是正中午，附近人家曬的衣服會發出乾爽的味道，有時候，我聽到他們拿出東西來戶外曬，當我聞到高麗菜乾或是蕃薯籤的味道，大概就是早上過一半了。」

「聽人家的聲音，或是聞味道辨識時間嗎？」國分笑了出來。

「沒眼睛，就要讓其他的功能來幫助自己生活。這是甘牧師教我的。」

「你剛剛說，山勢松韻送你這個時鐘，他是誰呢？」國分一邊問，一邊搜尋自己的記憶，對這個名字感到異常陌生。

「當初甘牧師跟我說，主恩，你知道嗎？山勢松韻聽說也是盲人喔！」

日本政府初到台灣，有些已經在這塊土地上運作的事務，正在面對這個新政權，也試圖尋求新機會。此時，在台南已經運作將近十年的訓瞽堂，雖然因為甲午戰事暫停了活動，但是政局穩定後，主事者蘇格蘭長老教會的甘為霖牧師馬上展開復學的行動，他相信這個新政權應該可以協助他著力的盲人教育，尤其，他探聽到，總督府學務長的伊澤修二，曾經是東京盲啞學校的校長，也許，他能比其他人更加體會到盲人教育的痛苦，可以發揮一點影響力。

甘為霖想的是，雖然此時訓瞽堂的盲人學生數量尚不多，但為了盲人教育可長可久，一定要培植盲人成為盲人教育的主力，才能具有號召力，也才能更加貼近盲人自身的需求。他開始動念，想把一些表現比較出色的學生送到日本接受新式的盲人教育，學成回來後，就能成為台灣盲人教育的啟始種子。他提筆寫信給伊澤，將這些想法告知他，而且很直接告知對方，雖然有這樣的念頭，但是關於就學的學費與旅費，他自己目前也沒有著落。

然而，直到明治三十年伊澤離職返回日本前，這封信一直沒有回音，就在甘為霖幾乎要放棄希望的時候，伊澤的回信來了，信中表示，他聯絡了東京盲啞學校的校長小西新八以及台灣協會的幹事長水野遵，大家都樂意幫忙，關於旅費與學費的事情，他將會盡力交涉想辦法，請甘為霖遴選適當的學生，等候進一步的消息。

收到信的當天，甘為霖想著送去日本就學的人選。最先想到的人選，就是郭主恩。甘為霖從英國回台灣的那年，也就是明治二十二年的冬天，郭主恩和父親從距離府城三里外的茄萣仔，徒步走了一整天來台南，希望加入訓瞽堂，接受盲人教育。

他的老父跟阿公原本捕魚為生，後來改做砂糖小賣。郭主恩六歲的時候因為眼病失明，老父捨不得讓他跟一般的盲人一樣去卜卦算命，聽說甘為霖開設了「青瞑學」，決定來找甘為霖，請他收留郭主恩。

此後，甘為霖一直把郭主恩帶在身邊，兩年後，他租用了洪公祠作為盲校的用地。甘為霖請林紅教郭主恩點字，這個林紅來自於北斗，只有微薄的視力，原來是想來府城醫治眼睛，最後受到甘為霖的感召，一起為盲校努力，他曾經被甘為霖推薦前往泉州協助辦設盲校。林紅已經學會萊爾六點式的點字，不但會讀，也帶回了一塊點字板跟鐵筆，可以鑿出點字。

甘為霖知道，點字這項技能必須趁著手指尚細，還算靈巧的時候學，因此先選郭主恩來學習。他常常站在一邊看著林紅帶領郭主恩一邊摸著點字，一邊念出聲音來，這個孩子極為聰慧，即便他只是看著，沒說一句話，郭主恩也能在閱讀到一個段落時，歡快地仰頭跟他問好。他的笑容深深觸動了甘為霖，他不禁希望郭主恩有朝一日能教導跟他一樣的孩子，讓更多失明的孩子能有這樣的笑容，即便看不到，也能摸索這個世界。

終於，他收到了伊澤的再次來信。伊澤表示，經過他的努力，有兩位音樂家，一位是彈奏多弦箏，師承山田流的山勢松韻，另一位是任教於東京音樂學校的小山作之助，願意在學校內舉辦音樂會，籌措學生的旅費與學費，他們賣出的音樂會票券，連王室貴族也來買，一口氣買了前段座位一百張，總共獲得了四百八十圓，款項已經交給東京盲啞學校的校長代理石川倉次，只要學生前往東京，就能入學。伊澤特別提到，由於山勢松韻也是年幼失明，跟著師父苦練古箏，才能有現今的地位，因此特別能體會盲人的痛苦，他希望自己的付出能對台灣的失明孩子有所貢獻。

甘為霖的心中充滿對上帝的感謝，他深信，這是上帝藉由失明的人引領同樣是失明者的一種恩惠。上帝既然取走了一種能力，必定也將藉由另一種方式，祝福這個人的人生。

明治三十年七月十九日，由巴克禮牧師夫婦帶著郭主恩、蔡溪、陳春三個盲生從台南出發，八月一日抵達橫濱，一行人先住在位於橫濱港口不遠的海岸教會。

郭主恩還記得巴克禮牧師對這間教會的敘述。那間教會是明治五年，基督教在橫濱港建立的第一間教會，有一個尖塔，配上藍藍的海，非常漂亮。

郭主恩幾乎不記得藍色是什麼樣的顏色了。巴克禮牧師的敘述語氣充滿讚嘆，使他願意想像，那是怎樣的一種美景。巴克禮牧師帶著他們，去摸教會印製聖經的木板，硬硬的木板上，有凸起的字，但不是他熟悉的點字。

一個月後，這三個學生前往東京，九月十三日在小石川區指ヶ谷町的東京盲啞學校入學。郭主恩、蔡溪、陳春同住一個寢室，學校特別派訓導山野井虎市先生照顧他們，讓他們住在「盲生舍長」旁邊的房間便於照顧。

他們三人一起走過長長的迴廊，通過八間寢室，去食堂吃飯，連上廁所都陪伴著一起去。先生把握每個機會教育他們，教導他們如何記錄宿舍房的位置，如何放置好東西，以便立刻能取得需要的物品。

山野井先生為了接待他們，藉著台灣總督府出版的台語會話小冊子苦練了一些台語，但還是不足以溝通，所以直接拉著他們的手觸摸，確認物品，確認尚未習得的日文點字，這是很重要的接觸教育。郭主恩他們認知到，眼前最重要的，是他們必須在短時間內學會日語。

郭主恩記得，出發時，台南的天氣悶熱，在船上，空氣是鹹的，風大浪大，只要他站在甲板上，便容易被海浪噴到，海水嘗起來，原來是鹹苦的，住在靠海的茄萣仔，他從來沒有機會知道什麼是海，父母以他看不到為由，從來不准他靠近海邊，而他居然站在船上，渡海來到內地。

橫濱的天氣與台南差不多，但九月的東京，非常寒冷，那是他們從來沒有體會過的寒冷。

山野井先生說過：「到了冬天，東京會下雪，到時候再帶你們去摸摸看，雪是什麼樣子吧！你們在台灣，一定沒體驗過。」

「體驗」。山野井先生沒說「看過」。因為這句話，郭主恩覺得，這裡真是一個進步的地方。

「去東京的那年幾歲呢？」國分問。

「我是明治十四年出生的，去東京的那年台灣歲十六歲。」郭主恩摸一摸身邊的拐杖，也摸了摸帽子，讓帽子更平貼頭部，平靜地回答。

雨卿從他的敘述發現，郭主恩的記憶驚人，所記得的事情小至時日，大到前因後果，記得清清楚楚。這可能是盲人的一個特徵。

「會想家嗎？」雨卿問。

「會啊！一起去的朋友，晚上在被子裡哭，因為天氣實在太冷，他們一直生病，有赤痢也有腳氣病，那種天氣實在讓人受不了，於是他們兩個人一直請求要回台灣，不想讀了。他們隔年就回台灣，只剩下我在那裡。」

「你不想回家嗎？」國分追問。

「說實話，我也想家。但是我知道，我不能這樣放棄，因為我能去讀書，是很多人的幫助才做到的，我一定要有成果，否則對不起替我這麼努力的人。」

國分凝望著郭主恩，忽然發現了一件事。

一般的盲人，就像是他在路邊看到的許多乞討、算命，或是念歌彈琴的盲人，因為看不到自己的儀容，加以眼睛失明多半是因為眼睛有殘疾，臉部的五官失去眼神的光彩，呈現無神或是扭曲的表情。但是郭主恩的表情異常柔和，似乎只是閉上眼睛休息，或是正在默想什麼事情，並不是盲人。

可能因為知道郭主恩看不見，國分覺得非常自在，那種自在並不是說可以偷偷做一些不為人知的惡事，而是知道對方不會因為自己的模樣而妄下評斷的自在，國分覺得郭主恩正在聆聽自己，也正在理解自己，因為看不見，反而更能看到他的內心。

「你聽到了嗎？」郭主恩舉起食指，指引他們注意。

「什麼？」雨卿問。

「烏鴉在叫。」

「抱歉，我沒聽見。」國分似乎聽見了，卻又不確定自己聽到。

「我在東京常常聽到這種鳥在叫。我們並不喜歡這種鳥，但是日本人認為這是神鳥呢！」

「是啊。」

「他們告訴我，這種鳥是黑色的，起初我並不知道那是什麼顏色，後來學徒跟我說，黑色就是頭髮的顏色，」郭主恩笑出來：「頭髮喔！頭髮的顏色我還記得，原來那就是黑色。」

陽光已經悄悄漫入庭院，靜謐而溫暖。

「你在讀書的時候，最懷念什麼呢？」國分把筆頓在紙面上。

「最懷念跟伊澤先生學習的日子。」

「他教過你嗎？」

「不是在學校裡教我。」郭主恩摸索著桌上的茶壺，一手穩住茶杯，一手提著茶壺往杯子倒茶，動作緩慢，讓雨卿不禁屏氣，看看自己是否需要出手幫忙，但是他很快就發現，郭主恩正在聆聽茶水往杯裡倒的聲音，幾乎滿的時候，他停住往杯裡倒的動作。

郭主恩問：「兩位先生再來一點茶嗎？」接過國分遞來的杯子，他以同樣的動作倒茶，依舊是八分滿的茶水。

「來！」國分接住茶杯，感覺自己的世界似乎都靜默下來，耳朵好像靈敏起來，感官在削尖磨銳當中。

「剛到東京，巴克禮牧師就帶我到伊澤先生家。他跟我說，需要什麼幫忙就直接跟伊澤先生講。其實，伊澤先生的家就在學校附近，可是第一次去的時候，巴克禮牧師認不得路，帶著我在附近找，兩個人走了好久。」

郭主恩露出非常懷念的表情：「伊澤先生每天下午的兩點到四點，在家裡教我日語和英語。我去的時候，他們家的僕人會在玄關等我，也會端出點心招待我。伊澤先生的英文非常好，念起來也很好聽。日語的字詞，一個一個教我，非常有耐心。」

郭主恩轉過身去，熟練地從櫃子裡拿出一個罐子：「非常失禮，家裡沒有什麼可以招待的，我們吃一點土豆好嗎？」

「我喜歡吃土豆。」國分學郭主恩也伸手進去罐子掏了一把，放在桌上，打算慢慢吃。

雨卿看郭主恩摸出一顆帶殼的土豆，拇指與食指用力一掐，殼口蹦開，倒出兩顆土豆仁，就著掌心拍入嘴巴，咀嚼起來，表情舒朗放鬆。

此時，傭人拿著一壺茶從房屋內部走出來，將桌上即將倒空的茶壺替換掉，郭主恩露出滿意讚許的表情。

「伊澤先生真的非常喜歡台灣。他常常跟我說：『台灣真是個好地方』，『我還要再去台灣看看』，『其實死在台灣也不錯』。現在想起來，還是非常懷念。」

土豆殼被指頭壓開的聲音，清脆響亮，國分的聽覺，像是捻細的棉線，輕易穿過針孔，到達彼端。

「你知道為什麼伊澤先生這麼重視盲人教育嗎？」郭主恩問。

「我知道他當過盲啞學校的校長。」

「伊澤先生告訴我，他在美國留學的時候，是發明電話的貝爾先生的學生，因為貝爾太太的耳朵聽不見，所以他是以太太很敏感的『震動』為靈感，發明電話的。貝爾這麼關心聽不到的人，讓伊澤先生也關注了聲音的重要性，所以他才會這麼重視盲人和聾人的教育。」

「是這樣啊……」

「我曾經親耳聽過貝爾的演講喔！貝爾來盲啞學校演講，是伊澤先生替他翻譯的。那天，人好多，學校附近的師範學校學生，女子師範學校學生，連文部省的大臣都來了，整個講堂擠得滿滿的。貝爾還重新示範芝加哥電話開通時，他用電話向大家說的第一句話：hello，Chicago！因為我們知道什麼叫hello，所以伊澤先生翻成もしもし的時候，我們大家都笑了。」

雨卿看著他與國分兩人桌上的土豆。

他們吃完的殼，隨意地跟尚未剝殼的土豆擺在一起，因此他們要吃的時候，必須看一眼再拿，但是郭主恩的面前，空殼與土豆各分一邊，他自己分配得好好的。雨卿想，盲人的世界秩序，有許多是我們無法想像的。

此時，鄰居的孩童，在庭院裡外遊戲，嘻嘻哈哈。郭主恩滿足地聆聽這些此起彼落的聲音，他說：「聲音從四面八方來，你能聽出它的遠近嗎？」

九月入學的郭主恩和其他兩個學生，在該年的聖誕節，受到築地衛理公會的教會邀請，上台作一場演說，儘管來到東京還不很久的時間，日語也不流利，可是他們的分享感動了許多人，得到很好的回響。只是，進入秋冬之際的東京，讓來自南國的他們受不了，除了郭主恩，其餘的兩人申請要返鄉，不想再繼續待在東京。

晚上，為了不讓自己勾起想家的念頭，郭主恩強迫自己回想一路走來的盲人生活，也經常想到，紙面上的那六個點，怎麼這麼奇特，經過多樣的組合，可以帶領他學會漢文的閱讀，居然也可以讓他學會日語，還能教他計算數學，彈奏風琴。

他記得，林紅教他讀三字經跟四書五經的章節，為了讓更多人願意接受盲人教育，在台南舉行科舉考試的時候，甘為霖讓他坐在考棚附近，摸著點字本，大聲把內容念出來。眾人都很驚訝，以往只能挨家挨戶乞討，或者坐在路邊算命的盲人，居然學會只有上書房才能知道的知識，而且是摸著沒有字的「無字天書」就會。人們圍著他，盯著他手指摸的紙面，他能感覺到大家興奮又驚異的喘息，聞得到周邊的人身上的汗味。

他問甘牧師，訓瞽堂的「瞽」，是什麼意思？甘牧師說，是有眼珠卻看不到的意思。有了眼珠為什麼看不到？有了上帝創造的世界，為什麼別人可以看得見，他卻看不到？許多疑問在他的心裡迴盪，但是他知道，雖然他是盲人，但他絕對不要走其他盲人的路，他要走出自己的人生。

郭主恩非常努力學習，學校的課程有國語、算數、講談、體操、音樂和鍼治、按摩，他最喜歡上國語課，他喜歡藉由點字板，夾住一張厚紙，再以鐵筆，在紙上戳出應對五十音的點字，把想說的話說出來，因為方向相反，最後要翻成正面來繳交，所以打點字的時候都要相反，這對於郭主恩來說，像是一種有趣的遊戲。

隔年三月，郭主恩在定期試驗上得到非常好的成績，順利晉級二年級，其餘兩個台灣同學，學校仍以速成方式教導他們所需的知識，讓兩人提早在七月返回台灣，留下郭主恩一個人繼續求學。

因為成績良好，郭主恩每個月都收到台灣協會的十圓獎學金，更加鼓勵他認真求學。有一年新年，還收到了伊澤送給他的「羽織」，也就是穿在和服外的短外套。

伊澤告訴他，那是一件靛藍色的外套，比天空更藍的藍色。郭主恩摸著上面的紋理，布料和織繡在手指的撫摸間輕巧起伏，他忽然想到了幼時曾仰頭看過的雲。他已經很久沒有想起自己曾看到，現在卻看不到的東西，但是，若雲朵可以降臨在地上，必定是現在手上摸的這種感覺。

「看不到，原來是因為要我用手，更加透徹地，親自摸到這個世界。誰說，世界是用眼睛看的？我以手觸摸，更能體會。」他這樣想。

畢業要離開東京的時候，郭主恩請學校不必掛心他返回台灣的問題，他決心要自己走這一趟路，他相信，靠著自己，他就能安然返回故鄉。決定了返鄉時間，訂好船票，當初替他籌辦音樂會募款的山勢松韻，在以洋食出名，位於上野的精養軒擺宴請他吃飯，並送給他一個時鐘。

「郭さん，對我們來說，不知道現在的時間是一件很傷神的事，我特地選了一個會在整點敲鐘的時鐘，讓你一聽就知道現在的時間。這種西洋鐘，在外國是非常受歡迎的。」山勢松韻用餐到一半時，請弟子取來時鐘，打開包裝讓郭主恩觸摸，實木的手感，滴答滴答的聲音。

「原來時間在行走，也有聲音的！」

接著，整點時的洪亮鐘聲，讓餐廳裡的客人都側目。

山勢的弟子，扶著郭主恩的手，打開鐘面的玻璃罩，帶他摸到那個上發條的小孔，遞給他一支像是鑰匙的東西，請郭主恩每隔一段時間，要把鑰匙插進這個孔洞轉幾圈，上了發條，時鐘才能一直運轉下去。

「我會好好珍惜的。」郭主恩想像那個時鐘掛在牆上，一定是一幅很棒的圖像。

出發的那一天，伊澤先生竟然要司機開車載著郭主恩，一路陪著他到新橋。伊澤先生最後對他說：「用鞠躬來表示敬意跟謝意，眼睛看不到的人，無法看到，也無法領受，最後，就讓我們握手道別吧！」伊澤先生緊緊地握住郭主恩的手，拍了拍他的肩膀，期勉他要努力，讓故鄉的人知道，眼盲不是絕路，仍有無限可能。

「伊澤先生的手，很溫暖，很寬厚。我握著伊澤先生的手，有一種衝動，想請他讓我摸摸他的臉，我真想知道伊澤先生長什麼樣子。不過這種要求實在無禮，作為晚輩的我，最後沒敢說出口。如果這一生有什麼遺憾，就是這些恩人，我都沒有緣分看到他們的模樣。」

國分和雨卿靜默地聆聽郭主恩訴說，郭主恩的衣著整齊，聲音中氣十足，他的手，在陽光的照射下，格外細緻，指甲整齊，雖是男性，卻意外地像一雙女性的手。

「你回台灣之後，做了什麼樣的工作呢？」雨卿特別想知道。

「我回來以後，一直想做盲人教育的工作。我想到，因為甘牧師的努力，台南已經有盲啞學校，但是台北沒有，我去求見賣茶葉致富的李春生，請他資助我們在台北開設盲啞學校，可是後來沒有成功。所以我就回到台南的盲啞學校教書，幫一點忙。明治三十六年從那裡退職，開始在台南市內幫人按摩，或是教人風琴，這些工作，我做得很高興。」

「你喜歡按摩這個工作嗎？」國分拜訪郭主恩之前聽聞過，許多台北的官員只要來台南出差，一定想盡辦法約郭主恩來按摩，他的手法切實又舒服，能快速減輕身體上的疼痛，尤其他的鍼灸非常有效。

雨卿則想到，在台北期間住在販仔間，夜裡聽到笛聲，一起住的人說，那是盲人按摩在招生意，聽到笛聲，若是有需要，直接喚他進來按摩。

「大家對於盲人的按摩工作，多半覺得是個不高尚的工作，但是我是到東京去學的，花了人生的時間去學習的，這自然是一個需要專業的工作。」

郭主恩拉了拉自己的領子，繼續說：「我想，日本人把按摩視為盲人可以做的工作，是很有道理的。我們要識字，學的是點字，因此我們的手，比一般人更敏感，因為一般人是看字，我們是摸字。按摩也是。我只要一摸客人的身體，就知道他大概哪裡不舒服了。」

「客人的身體是你的點字。」國分幽默地說。

「客人的身體告訴我他想講的話！」郭主恩開心地笑了起來。因為閉上眼睛，郭主恩的笑容帶有孩童般的天真。

「後來，你那兩個同學回來後，在做什麼呢？」雨卿好奇地問。

「他們後來一個在台北，另外一個在台南，都在做按摩，因為他們也能講一點日語，所以很受內地顧客喜歡。他們都蓋了自己的房子，也娶妻生子了，新房子落成，都請我去作客。很替他們高興啊！」

陽光和煦照入玻璃窗，郭主恩的臉龐，被陽光薰得暈黃溫暖。

「我自己雖然沒有結婚，但是收了一些想學按摩的弟子，他們把我的生活起居照顧得很好。家裡裝了電話，有人要預訂按摩，隨時可以打電話進來，我還有自用車，雖然自己沒辦法開，可是徒弟會安全地把我送到客人家裡、店裡、料亭去按摩。我對自己的生活很滿足。」

盲人擁有車子以及滿足的生活。雨卿想到，愛愛寮裡的乞丐，有的是因為眼盲無以為生，才淪為乞丐的。人的命運竟然有如此大的差別。

「是教育改變了你的生活嗎？」雨卿忍不住想知道。

國分想起，自己年幼時罹患了濕性肋膜炎，胸腔常常積水，引發呼吸困難，有時候，甚至覺得自己呼吸不到空氣，直發高燒，幾乎死去。難道，人活著就是要一直受到磨難，各式各樣的挑戰？但是，當他在求學階段聽到學長鹿野忠雄的分享，有關山地的踏查、遊歷，那種對於山林的嚮往和欣慕……他意識到，活著，原就是為了探索未知。

「是的。如果沒有去東京讀盲啞學校，我不會有這樣的機會去摸到這個世界，沒有那段經歷，我可能只是在廟口卜卦算命，或是去乞討的盲人。因為眼睛看不到，得到這麼多的人的恩惠，我想，眼睛看不到也不是壞事啊！」

郭主恩的臉上沒有絲毫的埋怨：「伊澤先生跟我說過，人可以選擇做什麼樣的器具。做盤子，淺淺的，把東西呈現給人家吃，多多分享；也可以做碗，盛味噌湯給人家喝，給人家幸福；我想做水壺，容量大一點，裝多一點，把水裝進來，有機會的時候，奉獻給別人，倒給口渴的人喝。」

國分想到，西拉雅人有祀壺的習俗，而郭主恩想做水壺的心願，與西拉雅族習俗中，被族人稱為「矸仔神」來祭拜阿立祖的壺、瓶，意義竟然相通。

壺身能容，不加蓋，對著外在世界開放，裝上了清水，作為不現身的神靈所附之處，從中心向外圍開放，視外圍的位階高於中心，正好與漢人的信仰，向來以中心為高位階，外圍是邊陲的想法相反。因為郭主恩向新世界開放了自己，讓自己成為了可以裝盛的器皿，轉而向世界倒出了源源不竭的自己，因此碰觸到了這個世界，因而「看見」。

國分望向郭主恩，發現閉著眼睛的他，表情放鬆，似乎在期待些什麼，其實也滿足於現有，因此毋需期待。

國分輕輕地對他說：「我覺得我透過你，看到了更多。」

郭主恩的表情頓時轉為開懷，歡快地回答：「非常謝謝。」

國分知道，他不只是在向自己道謝，也向看不見的世間萬物，誠摯道謝。

他們三人坐在客廳內，享受陽光把他們的臉烘得暈黃，屬於南台灣的寧謐時光。

雨卿收到一個紙袋，是杉本良寄來的。去年的冬天，他們已經在台北放送局把世界語的廣播節目製作、播送完畢，並且把內容整理成文字，出了一本書《エスペラントの夕》。雨卿後來只能協助文字校稿，杉本寄來這本書以表答謝。從晚上六點播放到七點五十五分的節目，分了九小段，內容頗為豐富，除了說明世界語的背景、介紹柴門霍甫醫師、設計世界語對話練習之外，也有歌唱的橋段，逐字成稿，是一本五十二頁的小書。

雨卿把書收好，晚一點可以拿出來與啟南綠友會的成員分享，雖然他們並沒有杉本良他們那樣的財力，但是他相信，只要大家有心想推廣世界語，台南地區也可以營造出世界語的氣氛。

雨卿邀集幾個台南師範學校的學生，以及同在學校內當助手的同事呂聰田，還有在固園結識，加入了台南赤嵌勞動青年會的莊松林，當然還有小操，一起來學習世界語，他們延續世界語的傳統，把綠色當作精神象徵，這個讀書會就稱為「啟南綠友會」，雨卿懷有將世界語在台南推廣，啟發民眾的夢想。

小操對於雨卿投注心力的世界語活動也樂於參與，但是她擔心雨卿的身體實在無法負荷這麼多繁忙的事務。雨卿才剛剛拚完文檢考試，隨即整裝回台灣，連一路上的經歷以及考試的狀況都還沒告訴小操，便興沖沖組織啟南綠友會，說要辦一份刊物。

小操發現，雨卿原本就清瘦的身體，越加單薄，但是看到他的衝勁，也不忍阻止。畢竟，從教他日本舞開始，她就知道，這個男人的心裡，有非常堅強的意志，那不是任何人可以輕易撼動的。

而她，不正是因為這樣，才被他吸引的？

想到這個問題，小操不禁開始憂慮。自己的年紀已經不小，家裡也不乏有人上門探問婚事，這陣子，父母已經遞上相親照片，要她看看，甚至瞞著她把之前拍的照片拿出去跟對方交換。

即便小操一直不應允，也擋不了多久。

然而她該怎麼辦？她連雨卿的考試結果都不曾過問。

收到的世界語稿件，實在太少，這讓雨卿有點失落。不過他馬上打起精神來，思考這份刊物預計要多少頁數，再想辦法自己寫，或是繼續約稿。他邀請了廣瀨武夫，之前從內地來到台灣開第一回台灣エスペラント大會的世界語者寫稿，也請古井仙一，他所認識的內地世界語者共襄盛舉，當然，呂聰田也不能放過，特別是莊松林，他寄予厚望。

莊松林從台南商業補習學校畢業後，曾經到廈門集美中學就學。雨卿在固園的聚會認識他時，他加入了台灣民眾黨，進出拘留所很多次。他曾經跟雨卿說，他對整理台灣民間文學很有興趣，雨卿於是靈機一動，要他以世界語把台灣民間的童話整理出來，他認為，學世界語，如果能以簡單的童話入手學習，是很好的途徑。

莊松林也沒讓雨卿失望，他寫了〈Formosa fabelo-La Malsa a Tigro〉（惷虎），也就是愚笨的老虎為題的童話故事。雨卿收到，讀得津津有味。看到莊松林的作者介紹更令人莞爾，他的筆名可真多，朱鋒、峰君、鷺生TS、嚴純昆、KK、CH、尚未央、赤嵌樓客、牛八庄豬八戒、己酉生、圓通子、進二等等。

「這麼多，選哪一個？」雨卿苦笑。

這些稿件分批由成員在鋼板上刻寫，雨卿自己繪插圖。他們以赤嵌樓作為台南エスペラント會的標誌，圓圓的標誌上註明：Taiwan Esperanta Societo。雨卿畫出日本、朝鮮和支那沿海、台灣的相對位置圖，再把台灣這個島嶼處塗黑，並在空白處標上世界語組織的星號，將這幅圖案作為刊物的封面。

La Verda Insulo，《綠之島》，是他們刊物的名稱。經過討論，他們希望，台灣作為海

洋島嶼的特色能夠被發揮出來。

不以日本年號繫年，封面標上Julio, 1934。一九三四年，七月。

遠在京都的牧先生打了電報給雨卿。

內容與前幾年雨卿打給他的一樣：合格シマシタ。

雨卿取得了文部省動物科中等教員資格，之前從未有本島人通過這個測驗。

拿著電報，雨卿的雙手發抖，繼而，緊擁身邊的小操，埋首於小操的頸項間，久久無法自己。

從雨卿顫抖的身體，小操終於發現，雨卿原來承受了這麼大的壓力，或許是如此，他夜以繼日忙著世界語刊物的事情，想以這樣的方式來化解自己的焦慮，轉移自己的得失心。她以為雨卿忽視了她，或許，自己誤會他了。她忍不住拍拍他的肩膀，發現他似乎更加削瘦，反倒是自己，仍是一張圓臉。

取得教員資格的雨卿，被台南師範學校升為教務囑託。為了掙更多的錢，他更到台南長老教中學以及台南長老教女學校兼任，無非是為了和小操結婚做準備。

雨卿騎著腳踏車，載著小操在運河邊兜風。近晚的時刻，微熱的風襲來，已經帶有絲絲涼意。遠處的草叢裡傳來蛙鳴，雨卿的心裡非常輕鬆，腳踏車的踏板儘管踩起來比往常沉重，但是小操此刻坐在身後，他努力許久的目標達成了，他覺得幸運之神帶著微笑，助他一臂之力，讓他一路飄遠，直到天際，變成了一顆燦星。

他真喜歡星星，所以世界語刊物裡，他替自己取的筆名，叫做「曄星」。

小操指著「曄」，問是什麼意思。

雨卿愛憐地撫著她的頭說：「光明閃亮，一直守護妳的意思。」

在河邊，雨卿停下車，牽著小操的手，發現小操的肩上，不知何時，沾了一片葉子。他拾起葉子，葉子已經軟黃，是一片病葉。雨卿不以為意，靠近小操身邊，低聲對她說：「有一句世界語，不知道妳知道意思嗎？」

小操睜大眼睛，不了解他的意思。

「Mi amas vin。這是我在台北、在京都的夜裡，常常對妳說的。」

純粹只是為了和雨卿在一起，根本沒有好好學世界語的小操一臉茫然。

雨卿寵溺地摸了摸她的臉：「mi，我。amas，愛，現在的狀態。vin，你。」

聽懂了雨卿的示愛，小操的眼淚化為夜空裡的螢火蟲，加入了閃閃亮亮的飛舞行列。

第九章

櫻花・歸燕

雨卿喜歡長老教中學的環境，儘管他不信基督教，但長老教中學的確比台南師範學校有更大的空間，可以讓他發揮所長——雖然在這裡，博物科不是學生的重點，學校裡的重點科目仍是語文、英語、數學。

在台南師範學校，日籍教員有半數以上的保障名額，若是專任的教員還有加俸五成的優待，本島人，即便像是雨卿這樣取得教員資格的人，要當專任教員非常困難。長老教中學的教員雖有日籍，但本島人居多，雨卿發現，本島人的教員，素質甚至比台南師範學校的教員好。

雨卿非常喜歡教美術的廖繼春、教音樂的林澄藻。

廖繼春對雨卿說過年幼的往事：「小時候就喜歡畫畫啊，想買一枝鉛筆來畫，可是沒有錢，我就背著我哥哥的小孩，沿街叫賣油炙粿，慢慢存錢，才買了一枝鉛筆，好珍惜地用啊！」

廖繼春的嗓門大，見到大家興致高，便繼續講：「不是只有小時候苦，我跟嘉義來的陳澄波一起在東京美術學校讀書的時候，沒錢理髮，就放著讓它長，我們油彩教授田邊先生，實在看不下去，掏錢叫我們去理髮，但是，我跟陳澄波實在太餓，拿那些錢去吃了一頓，回來，先生看到我們頭髮還是那麼長，氣死了！」

林澄藻則是從早稻田大學政經系畢業，原本就是長老教中學校友，獲邀回母校教書。他教英文、音樂，也可以教數學，更擔任舍監，對學生嚴厲也帶著真誠的關懷。因為他喜歡音樂，便召集有興趣的學生成立口琴隊和合唱團，只要有林澄藻的地方，一定會有歌聲，他是個傑出的男高音。

雨卿和廖繼春都是受到林茂生推薦，因而到長老教中學教書。

林茂生曾在台南師範學校兼課，和雨卿認識，也在固園有幾面之緣，可惜雨卿出演文士劇的主角期間，林茂生被總督府與日本文部省選為在外研究員，在美國的哥倫比亞大學深造，主攻哲學。他不僅是台灣第一位獲得日本東京帝大的文學士的人，也是本島人獲得哲學博士的第一人。

「聽說雨卿演出女主角千嬌百媚，我沒看到，真是可惜。」林茂生這樣說。

即便看似頗受總督府青睞，林茂生還是無法逃脫本島人被歧視的命運，一直以來，他在學校的升遷受阻，能任教的科目也有限，薪水也比同級日本人低，他自己身處於這樣的困境裡，很理解謀職不易。一方面是為了這樣的理由，一方面也因為他是虔誠的基督教徒，非常替長老教中學的師資打算，於是力薦了幾個他認為很優秀的教員進入長老教中學。

林茂生私心替雨卿很惋惜。黃欣推動台陽中學的事情，他也曾出力支持，若是這間學校能順利創校，那麼雨卿便會有更好發展，然而事與願違，雨卿明明發表了令人讚賞的學術論文，多年來卻只能在台南師範學校擔任微不足道的工作，實在可惜。

尤其雨卿曾向他傾訴自己和日本姑娘相戀的心事，擔憂自己和對方因為身分、家世的差距無法廝守，更讓林茂生感到心疼。於是要他多兼一份工作，多累積點實力，屆時再「看事辦事」。

長老教中學不只有雨卿通過教員檢定考試，還有一位笑口常開，通過相當困難的「漢文科」檢定的王金帶。王金帶知道雨卿是通過博物科考試的教員，大為讚嘆。

「本島第一人。」他豎起大拇指：「我沒聽說過有本島人考過的。連內地人都考到掉眼淚的科目，本島人通過，更不容易！有夠gâu[23]！」

感性的王金帶一邊講，一邊紅了眼眶，他從自己準備漢文科檢定的經驗出發，很知道雨卿的辛苦。作為本島人，卻被要求以日文說明漢文，是一件多麼荒謬的事情？但是在這個時代，只能力爭上游，所有的事情都無法講求公平。因為校內本島人多，王金帶時常講台語，同事聽到不以為意，只覺得備感親切。

至於長老教女學校，雨卿特別喜歡從東京工業大學化學工程系、英國劍橋大學畢業的劉主安。

家裡窮苦，都得自學的雨卿，因為一件事非常敬重劉主安。英文程度非常好的他，在教授英文的課堂上說：「全日本最好的英文字典有兩本：一本是《齋藤和英大辭典》，另外一本是《熟語本位英和中辭典》，如果有心學好英文，擁有這兩本書，工具可說齊備了。如果有人要買，我本人願意補助一半。」

這兩本又大又厚的辭典，買起來將近是一個教員半年的薪水，但是為學生著想，劉主安願意自掏腰包贊助，讓雨卿很感佩。

儘管博物科因為學制緣故，不是重點發展的主科，但是劉主安很珍惜雨卿的專業才能，知道雨卿有許多標本找不到適當的地點存放，想辦法清出一個空間，讓雨卿安心去採集、製作標本，把這個空間當作自己的研究基地。

有一次，女學校的教務主任井川直衛很好奇，想要參觀雨卿的標本，當他踏入這個房間，貝類、甲殼類、蜘蛛類、地衣、苔蘚類、蝸牛類的標本井然有序排列在架上，每件標本皆附有學名和採集地，還有世界語的名稱、本地語言的名稱，都有詳盡的說明，讓他感到驚訝，從此逢人便稱讚雨卿的博學，直說雨卿是台灣之寶。

㉓ gâu，能幹、有本事之意。

雨卿感受到前所未有的學術自由和快樂，他更用心教導這些學生，心裡時常浮現的是牧先生以前帶著他、鼓勵他，要他繼續向前走的形象。他感受到學生以無比的熱情回應他。學生自然而然發現，這些任教的先生多半都擁有傲人的學歷，只有雨卿沒有，他是靠著自學取得教員資格的，學生對他更加推崇、尊敬。

已經搬空，內部空無一物的空間，是佐伯家接待客人的地方，在即將被引揚前夕，小操望著這個空間，彷彿看到，其實也不久之前，十年前，這個空間曾坐著幾個影響了她一生的人。

小操抱著膝蓋，坐在記憶裡，雨卿坐著的地方，面向父親坐的位置。

父親的心當初是怎樣地被來回切割呢？

雨卿邀請已經升任台南師範學校校長的本田乙之助、林茂生、劉主安等人與他一起前往麻豆的佐伯家提親。他無法形容心裡的忐忑，大他將近二十歲的林茂生鼓勵他勇敢，畢竟，小操跟他一起走了八年，無論如何，這一戰，一定要為了小操勇敢以對。

小操躲在會客室旁的儲藏室裡面，想探知裡面的動靜。

她告訴父母雨卿要來提親的消息後，母親整日以淚洗面，父親也不跟她說話。小操知道，這樁婚事對父母來說，很難接受，但是她無法放棄和雨卿相守的心意。

佐伯留雄個子並不高，下巴下端已經溢出了一圈肉，當他在想事情的時候，他習慣閉著眼睛、收緊下巴，讓下巴那圈肉告訴身邊的人：別吵，我正在思考。

此時的他，面對雨卿和雨卿請來的「說客」，正是這樣的表情。

他的心裡有被背叛的感覺。這個女兒，花了那麼多心血栽培的女兒，雖然沒有才華，也稱不上美貌的女兒，總是對他的話百依百順的女兒，硬生生在他的背上插了一刀。

過去幾年，這個讀書成績一直讓人擔憂的女兒，究竟花了多少時間想出了那些理由，拒絕上門提親的對象？他曾經私底下想過，這個女兒若是沒嫁，那麼應該怎麼替她安排生活比較好？他已經是個不拘泥於女兒要不要出嫁的父親了，還是被自己的女兒重擊一拳。

然而，佐伯留雄知道，自己絕不能用坐在眼前的這些人，所能預測到的態度來面對這件事。內台共婚不過就是這幾年的事，他作為麻豆街協議員，必定要以大局為重，不能明著來反對政策，表現自己對本島人有歧視，畢竟，去年他才剛剛再次當選議員，官途看好。

他張開眼睛，試著對本田、林茂生、劉主安這些人露出友善的微笑。更何況這些人，有內地人，有本島人，都不是能輕易得罪的人，要不然自己的名聲也會毀於一旦。

「謝謝諸位撥空為小女的終身大事前來寒舍，本人真是不敢當。」佐伯留雄說，順勢要梅子奉上茶。

他身邊的八重夫人，沒什麼自制力，始終寒著臉，甚少出聲招呼客人。

「尤其是本田校長，培育的是我們台南地區的教育菁英，能夠蒞臨是我個人的榮幸。台灣第一文學士林茂生博士，讓人由衷敬佩，聽說寫的一手好書道，有空，是不是也能給寒舍一幅墨寶珍藏。」

佐伯留雄啜了一口茶，看著劉主安：「劉先生也是本島少見的才人，我聽說台北高等學校已經幾次邀請您去當教授，但您都一再堅辭不就，要留在台南服務教會學校，實在可敬。」

聽到這段恭維的話，只有本田校長的心裡稍感釋懷，林茂生和劉主安升起不安的感覺。

雨卿感覺自己特地穿上的西裝裡頭，身體正在冒出爭先恐後的冷汗，襯衫也許還濕透了。他意識到自己雖然沒立場說話，但擔綱的是主角。思前顧後，佐伯留雄剛剛說的話中，沒有一個字提到他。

林茂生舉起茶杯，向佐伯留雄敬茶：「我要特別向佐伯議員恭喜，能有王雨卿先生這樣的傑出人才向令嬡求婚。如果佐伯議員尚未清楚雨卿是個多麼優秀的人才，容我在這裡向您報告。」林茂生帶著驕傲，像是本島人對著內地人終於有揚眉吐氣的一刻，那樣地微抬下巴，也像是吟遊詩人那樣細數：本來是台南師範學校的助手，靠著自學，在昭和五年得到台灣公學校乙種本科正教員資格，昭和六年獲得文部省生理衛生科中等教員資格，昭和七年獲得文部省動物科中等教員資格。這些考試都相當困難，應該是本島人唯一一位通過這項文檢考試的人。目前是台南長老教中學、女學校兼任教員，也是台南師範學校教務囑託，目前為止，已經撰寫了十數篇有關昆蟲動物類的論文，都發表於相當有學術聲名的刊物，例如《台灣博物學會會誌》。

佐伯留雄的臉部沒有出現任何表情，但是心裡出現波動。

這無疑是一個相當上進又聰慧的年輕人。事實上，雨卿唇紅齒白，長相斯文秀氣，比起自己的女兒，就算是他自己所生的女兒，他也必須承認，雨卿除了是本島人、家境貧寒之外，樣樣條件都比自己的女兒好。

但是，他真能應允嗎？

昨夜，妻子在房裡近乎失控地要他堅持立場，絕不能讓女兒嫁去吃苦，這是她絕不允許的事。

本田緩緩開口：「佐伯議員一定會對雨卿君是本島人的這件事有疑慮。」聽完這句話，佐伯留雄趕緊接上：「在我看來，不是本島人跟內地人的差別啊，我做父親的，只考慮女兒的幸福而已。」

林茂生端起茶，繼續喝了一口，以掩飾自己看到佐伯留雄即將落入本田的話柄的得意。他答應過雨卿，一定會全力以赴，他要為這個年輕人的幸福盡最大的努力。

本田繼續說：「可是，佐伯議員，我已經來到府上了，我得說，要不是我自己沒有女兒，加上雨卿君也只意愛令嬡，否則這樣的年輕人，我很想自己收進來當女婿啊。」說完，他笑了笑。

「也不能說本島人、內地人共婚沒有問題。」劉主安忽然冒出一句：「我的兄長、兄嫂就是內台共婚組的家庭，他們至今恩愛，讓人羨慕。我得說，婚姻生活必須有感情，有共識，才能幸福。所有的生活都會有困難，但唯有愛才能克服。」

林茂生示意要雨卿說點話。

雨卿鼓起勇氣，對佐伯留雄說：「佐伯議員的女兒小操小姐，是個有德行，溫柔嫻淑又善體人意的女孩。我們已經相識八年，我知道，我一定不是小操小姐最好的選擇，但是我仍然不畏被拒絕，前來求親，就是希望佐伯議員知道，我一定會讓小操小姐幸福，我有生之年，一定會把小操小姐看得比我自己重要，希望佐伯議員能答應我們的婚事。」說完，他低下頭，誠懇請求。

「我也不是堅心拒絕，只是……」當佐伯留雄還在思考怎麼拒絕比較婉轉，紙門忽然被用力推開，眾人被巨大的拉門聲嚇了一跳。

八重夫人看到門後的小操，預備張口責備她又忘了要優雅地開門時，小操帶著倔強的表情對佐伯留雄說：「父親可能會覺得，是雨卿要來高攀我們，可是，他是我主動示愛爭取來的，就請父親不要再為難他，讓我們結婚吧。八年的等待時間真是夠長了，我等不及要和雨卿共組家庭了。」

佐伯留雄腦中一片空白，八重夫人更是呆若木雞。

佐伯留雄心裡想，究竟這個女兒從什麼時候變成這麼厚臉皮？

在座的說客，發現小操的一句話戳破了佐伯留雄的面子和自尊，他們已經不必小心翼翼顧及佐伯留雄的心情，悄悄鬆了一口氣。接下來，就是佐伯留雄自己必須收拾的局面了。

雨卿看著跪坐在紙門外的小操，對自己的心意忽然出現了恍然大悟的幸福感。是小操這種不顧一切、奮力追逐自己想要的生命力，感動了他，才支撐了他們一路走到這裡。

每次她靠近，都撞擊他的心跳，讓他的心跳落了拍。

此時此刻便是。

婚禮在台南神社以日本傳統儀式進行。佐伯留雄雖然低調，並未邀請太多賓客參與，但是每個小細節都沒有放鬆，然而雨卿順利通過所有的測試，和小操完成婚禮，結為夫妻。

觀禮的林茂生夫妻對著穿白無垢的小操說：「幸福是自己爭取來的，這句話，妳真的實踐它了。」

佐伯夫妻在婚禮上悶悶不樂，換個方式來說，女兒在外人面前，還是頗有名望的人面前，不顧顏面地大膽表白，這樣「成名」的女兒，已經跟人家戀愛了八年的女兒，似乎不可能找到一個可堪與他們家匹配的丈夫了，這樣的結果好像是不得不的選擇。

小操冠上夫姓，名為王操。

當她還沉浸在新婚的喜悅裡，跟雨卿開玩笑說，自己的名字變得筆畫少，很好寫時，她收到了調職通知。

原來在台南市熱鬧、繁華的明治町任教，如常生活的小操，沒有任何理由，被調往安平公學校，並且是最低階的「教員心得」。

小操了解，官方當然有其無法解釋的理由，說穿了，是因為她嫁給本島人，身為教員做了不好的示範，但這是無法辯解、言說的奧義。倔強的小操買了一台腳踏車，沒有第二句話，每日從永樂町的居家出發，騎上一個多小時的路程去安平上課。

很快地，雨卿也被迫辭去台南師範學校的工作，轉而在長老教中學專任。雨卿明白，人生的許多情況都是一種交換。如果他注視著飛舞的蝴蝶，就會忽略湛藍的天空。如果他細看蝙蝠身上的細毛，便會忘記周遭是黑暗的。

如果他喜悅於早晨起身時，看到小操仍沉睡的臉，以及她伸出被外的圓潤小腿，那麼他就得確信，他在走路的神態中並未察覺旁人對他的議論，而小操每趟出門，必會沿著運河平安歸來。

他不能讓小操知道，他為了自己如此努力，還是無法脫離次等的這種處境，感到憤憤不平，甚或怨怒。

最近他發現，自己的咳嗽時常驚動正在觀察的昆蟲，昆蟲立刻飛走，而他對自己的咳嗽無法控制。

也許是因為傷風，他想。

可是他越來越疲倦，也越來越無法從這疲倦中脫身。

小操也很疲倦，她的疲倦來自每日長途通勤，不管烈日落雨都得騎上長長的路途才能返家。

小操提議雨卿應該要去看醫生。不忍她擔憂，也為了撫平她風吹日曬的皺痕，雨卿答應去新樓醫院檢查。

雨卿獨自坐在房子裡面等待小操。

他想像小操從學校出來後，騎著腳踏車，沿著台南運河，走過大半個安平，然後經過港町，回到永樂町。小操的腳圓短有力，踩起腳踏車總是很輕快，她將一邊喘息，一邊踩著踏板，一路往家的方向，回來。

其實他有很多事情不想對小操承認，例如，他明白，小操看不懂他以世界語寫的刊物文章。他也明白，小操對於他熱愛的昆蟲並無興趣，甚至會為了蜈蚣出現在玄關的榻榻米上，大聲尖叫。

小操喜歡做體操，當小操運動時，她的臉龐汗濕紅潤，血液在血管裡奔流，但是他並不喜歡運動，那種喘息的感覺，總讓他感到自己即將窒息。最近，他開始買書自學德語，小操半個字也看不懂，但是他沒就寢，小操也不願意上床睡覺，就趴在他身邊，發出均勻的呼吸聲音。

更準確一點說，他的朋友、同事娶的本島女子，都以變成內地女子的優雅有禮為準則，就算他們都不說出來，但他們的妻子便是那樣的風格。反而小操，他歷經艱難才娶得的內地妻子，幾乎是台灣女子的翻版，有時，甚至比台灣女子還直率。她跟鄰居的太太，拿著鋁製的臉盆裝盛後院種的小芒果，坐在門前，直接剝皮、啃食，吃完，用井水洗臉、洗手，邊甩手，邊大呼好吃。偶爾，衣上還沾染到不小心噴濺出來的膩黃芒果色，很難洗去，小操不以為意，繼續穿著帶有汗漬的衣服外出上班。

她說話時，聲音低沉，發音的部位不似一般的內地人像是從鼻腔發出的，反而像是從胸腔發出來共振，因此喪失了一種輕聲細語的嬌態。

可是，雨卿明白，自己是她整個的世界。她以一種崇敬的方式對待雨卿，偶爾也把他從崇高的地方拉下來，做躺在她左右、坐在她身邊的丈夫。就算她不懂雨卿手邊的事情，她還是耐心地等在一旁，守候他做完。她知道這些事情很重要，但她並不知道，她認為這些事情重要的樣子，反倒讓雨卿認為她比這些事更重要。

他更不想承認的是他得到結核病的這件事。眼前，小操已經按照他想像的路線回到家，正坐在他的面前，等待知道今天醫生的診斷。

雨卿擠出微笑，對她說：「醫生說是結核病。」

知道生病後，雨卿更為努力研究，像是小操以往在學校賽跑時的衝刺。衝刺是在最後的階段，為了贏得勝利，雨卿的認真投入，讓小操非常不安。

雨卿用一種前所未有的狂熱撰寫論文，像是被追趕，也像是在追逐。

昭和十一年，他終於把紅蝦的論文整理出來，以〈ハコエビ台灣に產す〉為題，發表在《台灣博物學會會報》上，如願把台語發音的「紅蝦」（アンヘエ）列入學術論文中。這年年底，又應《科學の台灣》期刊邀請，撰寫用魚頭骨組成鳥類模型的論文。能受到這份刊物的邀稿，雨卿很榮幸，這是昭和八年（一九三三）為了慶祝總督府博物館創立二十五週年，成立台灣博物館協會，所創刊的《科學の台灣》雜誌。

不僅如此，連同長老教中學的校刊邀稿，雨卿也欣然答應撰寫文章。校刊《輔仁》、《曉聲》，是他病中重要的精神食糧，尤其封面是廖繼春畫的彩色油彩，他很喜歡。他用教育學生的心情，寫下科學知識，說明吃白米和吃玄米的營養吸收有何不同，也分享如何以沙子製作螃蟹模型，介紹台南繁殖的鳥類。

寫完這些文章，雨卿體力已經透支，終於接受醫生提議，住進位於郊區的清風庄療養。

雨卿聽到窗外，有鳥叫聲。

仔細一聽，應該是燕子。

春天到了嗎？雖然已是春天，這樣的氣溫仍讓雨卿感到寒冷。

他住進清風庄已經一段時間，院內種滿芒果樹，當芒果結實時，隨風一吹，有時竟能聞到成熟芒果的香氣。結實累累的芒果，多半時間都任它掉落腐爛。畏於疾病的可怖，除非不得已，幾乎沒有人敢靠近這間醫院，可以說，這個地方跟「避病院」一樣，是用來隔絕流行傳染病的地方。

清風庄，是台南的結核病療養所。雨卿住進來後才發現，醫生看病的診療處，與自己居住的病房相隔非常遠，若體力不濟，根本無法單靠自己的力氣走過去，診療處比較靠近市區，但病房區地處偏僻，由此不難理解日本政府的用心，場面話是為了隔離病菌的傳染，但又何嘗不是讓病人自生自滅的居心？

小操為了這件事非常不服氣。

但雨卿總是安撫她，看到她的情緒緩和，自己也能較為釋懷。

燕子的聲音。

雨卿穿上最厚的大衣，緩慢走下床，追尋著鳥叫聲。

天氣好，身體也許可的狀況下，他喜歡到附近去散步，醫生也說，新鮮的空氣對他的病情有幫助。在漫步的過程中，他漸漸對附近的地理有所了解，這所療養所附近，幾乎全是未經開墾的荒地，後來開闢了三爺宮溪，在地人都稱為「新溝」，舊的鯽魚潭溪則是「舊溝」，負責灌溉的三爺宮溪，溪水清澈，有白鷺鷥，有各樣的昆蟲，是一個完善的生態圈。

燕子的叫聲，逐漸靠近，是一種特別的叫聲。

雨卿開始尋找聲音的來源。

一群鳥從頭頂飛過，一隻一隻分別停泊在河床附近，羽毛幾乎與砂地的顏色混同在一起，唯有鳥腹與頸部的羽毛為米白色，重點是，兩翅尖長，尾羽平展時呈叉狀，是燕子的特徵。然而這種鳥，尾羽並不長，也沒有分岔，又與普通的燕子不同。

雨卿屏住呼吸仔細觀察，燕鳥輕盈地以鳥爪攀住鬆軟的砂土，靈巧地棲息在水邊。驀地，一陣勁風驚動了鳥群，牠們拍動翅膀飛了起來。其中一隻飛起來的燕鳥，橫衝直撞，行進方向歪斜，每次雨卿都以為牠將要跌落，卻還是勇猛地往前衝，儘管跌跌撞撞。牠自砂地中叼出一小尾蟲，飛至一旁飽餐一頓。

雨卿揪住領子，感受到一種蒼茫。

儘管住院，觀察這種成群在河岸或沙質地、水邊的土牆上挖洞築巢的燕子，變成雨卿的生活寄託。

不論雌鳥或雄鳥皆會輪流挖洞，挖一個巢洞大概需要二十天，洞口不大，僅容鳥身通過，洞道據他測量，大概是五十公分到一公尺左右。洞道略呈彎曲，洞內的末端比起洞口較寬，是為了讓鳥在裡面有活動空間，也把巢建在這裡。

這種燕子會銜乾草、羽毛進去洞內築巢，之後會把卵產在巢上。每窩的卵數大概三枚到四枚，卵色為白，大小平均約為成人一半手掌大。孵卵、育鳥的工作，雌雄鳥都會負擔，孵卵期約為十二天，幼鳥大概二十天後便會離巢，離巢後還會繼續依賴雌雄鳥餵食數天，然後離巢自主生活。

雨卿把野外較為凌亂的手寫筆記重新整理在筆記本上，這段文字讓他感傷。

這種燕子的雌雄鳥會一起負責雛鳥的撫育工作，共同築巢、挖洞，給予彼此一個遮風避雨的巢，共同孕育下一代。那麼，如果他死了呢？誰能照顧小操？那個即使與他待在病房裡，仍然擁有黝黑皮膚，笑起來有淺淺酒渦的小操？

昭和十二年，傳來震驚台灣的消息，日本在中國華北地區發動戰爭，即是歷史上著名的「盧溝橋事變」，日本方面則稱「支那事變」，揭開戰爭的序幕。在盛夏時節傳來這樁石破天驚的消息，人心浮動。

劉主安帶領長老教中學、女學校的教員們來到清風庄探望雨卿，雨卿看到許久不見的同事，格外有精神。

劉主安握著雨卿瘦骨嶙峋的手，不捨地說：「大家都期待你回來學校教書，你要快點康復，我們還有很多事情等著你一起來完成。」

大家圍著雨卿唱詩、禱告，雨卿始終保持著微笑。

井川直衛悄悄把小操請到病房外。

「看起來，雨卿似乎比上次更削瘦呢！醫生怎麼說？」井川問。

小操被井川溫暖的問候一時觸動，哽咽起來：「醫生說，因為結核菌侵犯肺部後，引發劇烈的咳嗽以及濃痰，這些分泌物容易累積在喉部，因此喉部也受到感染，目前有喉結核。雨卿他最近喉嚨疼痛、吞嚥困難，甚至連喝一口水都會被嗆到。」

「唉。還是要有信心，這不是一朝一夕可以痊癒的病，妳要扶助他，也照顧自己，不能先倒下去。」

小操點點頭。她很清楚，自己是雨卿唯一的支柱。

進到病房，正好聽到其他人提起最近台南運河的怪事。

「之前的事變，已經讓大家人心不定，結果最近的晚上，只要你走到台南運河邊，常會看到運河不知道為什麼發出奇怪的光芒。台南人已經謠言四起，最近的廟宇可就香火鼎盛，很多人跑到廟裡求平安。說這是將有大禍的預兆。」

「也不知道為什麼，晚上那附近也只有談情說愛的人會經過而已，但是河面就是閃著點狀的光，很詭異。我們已經知道墳墓邊會有鬼火，是因為人的骨頭當中有磷，當氣溫比較高，會出現自燃。但運河發光實在找不到原因，無法解釋給一般民眾聽，連有些學生的家庭都求神問鬼，驚惶不已。加上運河時常有人尋短，一般人怕鬼，心裡不平安，實在可憐，最近金紙店生意大好，眾人瘋燒金紙，求保平安。」劉主安畢竟受過西方教育，仍講求證據為先。

「發光？大家都找不到原因嗎？」這個話題引起雨卿的興趣。

「頑皮的孩子跑到河邊，往河裡丟石頭的話，那個光還會散開，嚇得大家一哄而散。」

「我想這個心態還是跟戰爭有關，因為戰爭的關係，大家更會穿鑿附會。」井川對於事變最為憂心，掀起戰爭，就是罪惡，這是他的信仰。

大家都回去後，雨卿獨自躺在病床上，望著窗外，小操坐在一旁陪他。

小操原本憂愁的臉，浮現理解的微笑，她對著床上的雨卿說：「最近風涼，穿多一點，我陪你去運河邊走一走，好嗎？」

雨卿被戳破心事，露出感激又慚愧的表情：「小操真是善解人意，我給妳添麻煩了……」

隔日，雨卿打電話詢問郭主恩是否能載他一程，他想到運河去觀察一下為何會突然發光的狀況。

自己眼盲無法開車，可是有車有司機的郭主恩豪爽答應，請司機載雨卿過去，條件是，他也要去「看一看」。

雨卿笑著說：「請你一起來，我講解給你聽。」

車子沿著運河緩緩行駛。

台南運河和台南人的生活息息相關。大正年間，日本政府決定在已經淤積的運河道南側開闢新運河，大正十一年在安平動工開鑿，六年後完工。運河的開通典禮，是當時台南的大事，雨卿也曾在岸邊參與，看到第一艘入安平港的船，是大阪商船會社的「桃園丸」。

這條運河，也是他和小操的命運之河。因為跟他結婚，小操被調職到安平，每日都需沿著這條河來回奔走。雨卿下車，看到運河邊有路燈、救生梯，還設了幾尊地藏王菩薩。

「大概有很多人想不開，想在這裡跳河吧？真是應驗了『運河沒蓋，要跳就跳』這句話。」

小操扶著雨卿先站在運河邊觀看。郭主恩也由徒弟陪同，一起站在河邊。

「郭先生，目前以肉眼可以看到運河水面上有點點的發光，有的很聚集，有的比較鬆散，如果有人在岸邊丟小石頭進河裡，河裡的發光點好像有點變色。」雨卿一邊說，小操一邊在旁邊筆記。

「發光喔？」郭主恩好奇地問：「大家因為看到這些發光所以緊張是嗎？」

「是的，我們今天來，想找找看有沒有答案。」雨卿說。

「小操，我們帶溫度計來了，目前氣溫幾度？」

小操拿出已經備好的溫度計說：「目前氣溫三十四度。」

「請記下來。」

「我們再下去測水溫是幾度。」雨卿一邊說，一邊要走下坡道，小操連忙阻止。

「我去測，好嗎？」

「可是……」

此時，郭主恩對雨卿說：「夫人下去也不方便，不然就讓我的傭人跟王先生先下去，照王先生的指示，看要做什麼，你就吩咐他。夫人跟我在岸上，好嗎？」

郭主恩的傭人扶著雨卿走下坡道。雨卿已經備好乾淨的玻璃管，傭人測好水溫後，照雨卿的指示在特定地點採集河水的樣本之後，回到岸上來。

來回走動的雨卿略顯疲態。

回到岸上，站在木造的橋梁上遠望水面波動的運河，僅只是運河，竟讓人有一種面對海港的蒼茫。

「郭先生，如果我沒記錯，你提過你是茄萣仔人，是嗎？」雨卿問。

「是，我家住在茄萣仔，是海港。日本人真愛吃烏魚子，本來是在鹿港製作，後來重心都挪往茄萣仔，時間如果到，家家戶戶都在製作烏魚子，鹹鹹的味道，魚的腥味，在日光曝曬後，瀰漫整個漁港。」

「以前，台南有五條港，全部都注入舊運河。台南的魚市場以前是在西市場，後來場地不夠用，挪到了新運河這裡，建了一棟新的魚市場，郭先生，」雨卿拉著郭主恩的手讓他的身體轉往另一邊的白色建築：「這個方向有一棟白色，歐洲式的建築，運河配上白色的牆壁，真是美觀。這是去年才建好的魚市場。」

郭主恩說：「聽說高雄、澎湖的魚貨都是交到這裡來，也有許多船，甚至是日本的輪船都會經由這裡入港。客人告訴我的，我有客人在台南運河海關工作。」

說罷，他閉著眼睛，面向雨卿告訴他的方向，感覺到清風拂面而來，似乎在腦中想像，那棟白色建築的美好。

雨卿和小操比肩站著，夜色中發亮的河面閃爍，像是螢火蟲飛向了水面，映照它的點點螢光，像是透過被淚水濡濕的睫毛觀看世界，總是水光爛然，恍如夢境。

雨卿偏過臉對小操說：「亮光的所在，不知道是不是夢的盡頭？」

帶回河水樣本的雨卿，花了許多時間研究，把許多研究工具搬到病房，病房儼然成為一間新研究室。

雨卿很快發現河水裡有許多夜光蟲。這種夜光蟲屬於鞭毛蟲類的單細胞動物，身體呈圓球狀，仔細觀察的話，肉眼即可看到。

雨卿以顯微鏡發現，這種蟲體有淺溝，底部有口，有一條觸手可以在水裡游泳。他讓小操看著顯微鏡，然後用甲基綠點入玻片上的河水，夜光蟲瞬間染色，變成綠藍色。

因為身體不適，他由小操代筆寫文章，一字一句把台南運河的河水發光的原因解釋清楚，並告知大家，隨著季節變換，入秋之後，這個自然現象會減少許多，絕非鬼神或是戰爭人禍引起的凶兆。

刊登在報章上的文章，總算讓流言平息下來。

雨卿越發衰弱。臉色越來越蒼白，午後經常發高燒。雨卿原來清亮、溫暖的聲音，逐漸不見，取代的是沙啞的聲音。

洗澡的時候，他能摸到自己的肋骨，一根一根。雖然他摸不到書上說的十二對，但能摸到的單根數量已經夠驚人。他感覺到自己的身體被不知名的力量消耗、磨損，逐漸單薄，將要毀壞，但這個過程把他的精神琢磨得更亮，更光滑，以至於他從未錯過，當醫生和小操竊竊私語的時候，小操臉上閃過的一絲擔憂，他也沒錯過，一向開朗愛笑的小操，沉默的時間變多。即便他閉著眼睛，幾乎睡去的時候，也沒有錯過，小操輕輕探入他的掌間，握住他的手的溫度。

小操的手比他的粗糙。因為騎腳踏車通勤，靠近手指的地方出現了一排薄繭，有時候，那些繭劃過雨卿的手心，帶著受傷的感覺。

他開始能夠對小操說，他到京都考文檢時的心情。

「船票是妳買的。我一直忙著準備考試，沒有注意到。一直到上船了，覺得奇怪，怎麼乘客會這麼少，原來妳替我買的是二等艙的票，讓我可以好好休息。當我發現妳的心意，我幾乎要落下淚來。我一定不能讓妳失望，我這樣對自己說。」雨卿握住坐在床邊的小操的手。

「題目其實很難，我記得，其中一題是『硬骨魚類の脳の略圖を畫け』（畫出硬骨魚類的腦略圖）。」

他苦笑起來，當時是怎麼回答的呢？他記得鋼筆在紙面上滑動的觸感，振筆書寫，沙沙作響的聲音，似如現在，窗外樹葉與風交響的聲音。他能記住那活在深海裡的硬骨魚類的骨骼分布，但是預測不了這場讓他咳嗽不止，高燒不退的病會怎樣地侵襲他的生命。

「考試前一晚，我睡不著，但是強迫自己要睡，我要考試。我開始回想很多事。我想著，如果沒有遇到妳，我會不會來到這裡考試？如果沒有妳的話，我會做什麼？但是這些事情都沒有答案。我注定要遇見妳，和妳做夫妻。」

小操回握雨卿的手，她發現雨卿蒼白的手，青色的靜脈蜿蜒在手臂、手背上。

「小操，那時的櫻花真美，風吹過來，花瓣落地，讓我終於能理解什麼是櫻花精神，那就是在最美的時刻，發揮生命最好價值。我看著櫻花的時候，忍不住想，真希望妳就在我身邊。」

「其實，我什麼都不會，只能仰賴你，就算把所有的力氣都拿出來，也不能做到任何一件你做過的事情。我能做的，就是支持你去做你想做的事，然後，你在我身邊，這樣就好了。」小操倚向雨卿的胸口，她的重量壓痛了雨卿，但雨卿沒發出聲音，輕柔地擁著她。

「我們換間醫院試試看好嗎？母親探聽到台中地區有一間醫院，治肺病相當有名。她希望我們可以去試試看。」

雨卿沒有說話，只是靜靜撫摸她的頭髮。

也許，小操也知道，這樣孱弱病重的雨卿，目前無法到遠處求醫。

這年十二月，雨卿把自己的砂燕報告寫成〈コセウドウツバメ（改稱）Riparia paludicola brevicaudata（Horsfield, 1839.）の構巣竝びに習性に就て〉這篇論文，發表在《植物及動物》。這篇文章有一個前所未有的特色，雨卿採取照相的方式記錄砂燕的體型特徵及掘洞築巢的實況。

他附上七張照片，為自己邁入另一個階段感到欣慰。

在無法言語的時刻，他習慣在身體狀況還許可，也還沒發燒的早晨，整理他蒐集的台南地區的蛾類目錄。

越是認識蛾類越多，心裡的憐憫就越多。

和蝴蝶都屬於鱗翅目的這種昆蟲，與蝴蝶雖然關係密切，但是從未享有蝴蝶相同的讚美。蝴蝶的美麗翅膀，曾怎樣深深地吸引了昆蟲學家的眼光？即便雨卿最初也是如此，用一隻好不容易捕獲的蝴蝶標本，向小操表達心意。

蝴蝶棲息時，懾於自己的美麗將蠱惑獵捕者的心，習慣將翅膀收齊，只露出從側邊能看到的單面。蛾就不同。多毛、與蝴蝶相較，翅膀上無辜的兩隻大眼斑點，讓蛾看起來很狡詐，更因為蝴蝶總是在陽光爛漫的白日活動，蛾則出沒在夜間，靜止時將翅膀攤展在身體兩側，似乎正在觀察環境，伺機而動。

夜行習性的蛾，看到燈火，常是奮不顧身直撲而去，撞擊在燈罩上，落了一圈蟲屍在桌面。有些被火焚焦，有的是翅膀斷裂，顫抖、掙扎，卻難免一死。

比較起來，與蝴蝶相似的蛾，生來就有先天上的不足。蝴蝶的觸角是由頭部細細抽出，越來越粗的棍棒狀，就像是面對這世界對她美麗的讚賞，越來越得意，自我越來越擴展。蛾不一樣。因為生來就被厭惡，多半被歸類為害蟲，因此他的觸鬚有的呈現絲狀，有的是毛絨的羽狀，有的是成列的櫛齒狀，不曾出現蝴蝶那種勇於試探、充滿探索精神的棍棒狀。

蛾類展翅的時候，因為絨毛摩擦，讓雨卿錯覺，以為自己聽到了「沙——」的聲音。

他以工整細小的字體寫著論文時，對蛾拍翅的聲音格外敏感，時常以為自己聽到了這種聲音。

他發現，也許，那是死神翩然飄來的聲音。

昭和十三年四月，他在《九州昆蟲同好會會誌》發表了〈台南產蛾類目錄〉，那是他首次應幾位日本內地的昆蟲愛好者邀約的稿件，也是他多年來研究台南地區的蛾類的一個總結。

這日午後，雨卿躺在床上淺淺入眠，小操坐在一旁打盹，病房的門被推開，一個黑瘦的男子探頭。

「是王先生的病房嗎？」

小操起身，面對似曾相識的臉，叫不出名字來。

「我是柳得裕，佐伯先生，喔，要改叫王先生，曾經買過一幅我的畫。」

柳得裕，那個在畫布上畫了一層又一層油彩，不但入選台展，也是傳統家宅彩繪師。

小操驚訝地說：「柳先生。你怎麼會來？」接著轉頭告訴醒來的雨卿，家裡掛著的那幅油彩，便是柳得裕的手筆。

「那位很有才華的彩繪師！小操跟我提過。幸會幸會，請坐。」柳得裕坐在床邊，看著瘦弱的雨卿。

「我剛從支那回來。知道小操小姐的先生住院，特地來探望，順便向小操小姐致謝。」

入選了三次台展的柳得裕，已經無法在傳統彩繪和油彩之間找到自己的生活平衡點，父親過世後，他毅然決定到支那去看看，尋求新發展。

他到了南京、上海學習中國話、水墨畫，並且到處進行油彩講學，他甚至從台灣帶了木匠的工具，想去進行更大範圍的創新彩繪或是學習木工技藝。這趟支那行，讓柳得裕對台灣、日本、支那的情勢有更多的理解。

當然，他沒有忘記，若非小操以高於行情市價的價錢買了他那幅畫，辦完父親的喪事後，他可能也沒有足夠的盤纏去支那。

因為小操是日本人，他當然也不會告訴他們夫妻，他到支那後最得意的一件事，是意圖混亂日本在台灣的財政狀況，想運用自己以前在彩繪時畫過的維妙維肖的鈔票的經驗製造偽鈔，再運回台灣打亂財政狀況，看看能不能破壞日本的統治。但是一方面紙質的問題無法解決，另一方面日本已經在支那開戰，時機不對，柳得裕只能回到台灣來。

回台南後的柳得裕，在報上讀到雨卿說明台南運河裡有夜光蟲的文章，想起曾聽梅子提起小操小姐和王先生歷經磨難才結合的故事，特地前來探望，也為小操打氣。

躺在床上的雨卿儘管瘦弱，眼神卻透露著不容忽視的堅毅，喜畫人物像的柳得裕，覺得自己被那種一直保持熱度，從不放棄的眼神深深打動。

也許因為自己從學徒出師，一路匍匐走來，身為傳統彩繪師，從未受過正統美術教育，卻自行摸索而入選台展成為畫家，當他知道通過文檢不久的雨卿，正當開展人生，染上這樣的病，也許是同情，更多的是，對於痛苦失落的理解，他更想來一趟清風庄，親自探望這位解開謎題的研究者。

當他對雨卿提起他發現夜光蟲是一個很大的貢獻時，雨卿笑著說：「我的恩師牧先生曾對我說，這個世界是一座大博物館，我們要把它展示給我們看的展品找出來，所有的事情都有其原因。我只是努力發現，一直找答案而已，不是創造者。偉大的是孕育眾生的大自然。」

雨卿是尋找、發現、了解。繪畫則是描述、表達、競爭。

柳得裕想起自己的泰半人生，都是競爭。學徒時期，和師兄們競爭，取得了最短時間出師的紀錄。彩繪時，也是競爭，單是接案還不夠，也需要對場，台南慎德堂的前後殿是對場的結果，麻豆關帝廳以正殿中線分左右開間和那個憨師仔對場也是。甚至連師父矮仔師的兒子，傳承了父親的傳統彩繪技術和炭精筆畫技巧的黃水清，也主動邀他較量過。還有一次台南的公開繪畫比賽，府城聞名的畫師，在府城三官廟旁開設「春源畫室」的潘春源、留學於東京川端畫學校的林玉山都敗在他的手下

畫作只要不入選帝展、台展便沒有發展的可能，相較之下，重病的雨卿對柳得裕展現了一種氣度和寬容，讓一直以來汲汲找尋自我意義的柳得裕感到畫筆無法顯示的脆弱，以及

從中堅持的無畏。

柳得裕帶著記憶裡的許多人物畫像進入到棺材：弟弟倚在畫室內，戴著帽子，雙眼失神的畫像；畫師潘春源嘴角下垂，鼻梁堅挺的畫像；當然還有那個戰後改回名字，又叫阿梅的少女畫像。但是有一幅畫像，他想畫，但從未動筆。那是雙頰內陷，雙眼炯炯有神，已經被遺忘的生物學家的畫像。

柳得裕從來沒有想通過，這個世道究竟是怎麼回事。在日本皇民化運動如火如荼展開時，他賴以為生的家宅彩繪被日本人嚴重限制，過了很長一段的窮困時間。

戰後的他也從未理解，為何自己明明比別人都先學會了祖國語言，麻豆地區的學校教員晚間跟著他學國語，白天再去學校教學生。他明明聯合了麻豆地區的有志者，組織三民主義青年團，打擊當地囤積米糧的大戶人家，卻被陷害入監，正義到底是什麼？

二二八事件後，他對政治完全灰心，在麻豆故鄉做味噌醬出售，進行零星彩繪工作的他，只能轉而畫木屐餬口。儘管如此低調生活，仍因會說流利的國語被檢舉為匪諜，囚禁於台北思想犯監拘所四年，直到腦溢血才僥倖獲准出獄。

出獄後的他離群索居，整天研究漢藥，希望能醫好自己雖然被救回來，卻不聽使喚的半邊身體；包括他以前可以揮灑油彩，但現在蜷曲僵硬於胸前的右手。

當柳得裕被發現死在自己的茅屋內時，已經是屍體發出臭味的數天之後。

他帶著一個疑惑停止呼吸：如果理解到世界不可言說的祕密的人，都輕巧地跨過了日本戰敗的那級階梯，從容而去，那麼是不是所有被歷史留下來的人都會如他這樣，寂寞地死去？

第十章

亮光・告別

佐伯晴輔捧著手上的蝴蝶標本，父親的生命早就結束，但他用親手製作的蝴蝶標本，向他，或者向這個世界表達他對未知的熱愛，又或者，對他已知，且不能擁抱的母親，表達他最深的不忍。

「你的父親於昭和十三年六月十六日過世。」小操平靜地說。

在夜裡猛然驚醒的時刻，雨卿最常看到的，就是趴在床緣睡著的小操。也許更準確一點說，是她的頭頂。小操的身量不高，即便雨卿自己也不高，卻能看到她的頭頂。他從以前就喜歡這樣的角度。

初識的小操梳著桃瓣型的髮型，他喜歡看她烏黑的頭髮纏繞成形的髮髻，整整齊齊。婚後的小操開始梳已婚婦女的髮型，這個改變，有時讓雨卿光是看著，心裡便泛著歡喜。

看著疲倦趴在床邊的小操的髮叢間，出現了幾絲白髮，勾起雨卿一種感傷，他可能無法見到滿頭華髮的小操。

意識到自己時間緊迫，雨卿更急著把自己手邊的研究成果整理出來。忙完了蛾類目錄，他著手整理「翼手目」，也就是蝙蝠的資料。

雨卿很早便注意到，台灣的土地雖然不大，但是蝙蝠的種類卻很多，若以土地面積來計算，台灣蝙蝠的豐富度遠勝其他地方。

更令雨卿著迷的是，蝙蝠是唯一會飛行的哺乳類動物，晝伏夜出的蝙蝠能一再回到原居地，究竟是什麼神祕的力量讓牠找到歸途？又是什麼力量讓牠像是鳥類一樣，會隨著季節遷徙？

雨卿在之前的自然踏查已經發現，蝙蝠在白天用後肢將自身倒掛在樹上或洞穴的石壁上休憩，用翅膀把全身包裹起來保暖，到晚上才外出活動覓食。除了前肢的第一指，蝙蝠的前後肢、尾巴與身體之間連結著二層構造的薄皮膜。雨卿曾捕獲一隻蝙蝠，拉動翅膀，便能帶動薄膜的肌肉和相關彈性組織，既能飛行又不造成風阻。牠的飛翼上有許多的微血管，飛行時體溫會急速上升，這些微血管應該具有散熱作用，也能在低溫中快速產生熱能以供飛行。

雨卿也發現，蝙蝠是社會化的動物，數以千計的蝙蝠經常共同群居在洞穴或棲息地，一被驚動，便成群發出怪聲飛起，有時甚至會攻擊外來者。

越是了解蝙蝠，雨卿越對這類動物著迷。他想再踏上一次山林，去尋找蝙蝠的形影，再聽一次原本覺得刺耳，但現在覺得像是呼喚的叫聲。他更想再次親耳聽見，蝙蝠拍動翅膀的聲音，那是帶有生命力、熱度的聲音。

然而雨卿明白，他唯一能做的是整理檢索目錄，剩下的，都是奢求。

昭和十三年一月刊登於《台灣博物學會會報》的〈日本產翼手目資料〉由雨卿和東京文理科大學動物學教室的高島春雄共同掛名合著。雨卿主要負責後半段「台灣產翼手目名纂」部分，他詳細註上Abura Bat的台灣名是蜜婆bit-pô、蝙蝠pian-hok、蜜婆仔bit-pô-e，這是他堅持要讓台灣產的蝙蝠在學術論文留下台灣人命名的依據。

做完這份整理，雨卿之前有點好轉的健康狀況又急趨直下。小操非常擔心他的身體，開始典當自己的和服，買昂貴的魚肝油和牛奶，把兩樣東西混和一起，讓雨卿喝下，聽說這是有效增強體力的祕方。

雨卿幾乎無法言語，脖子出現一顆一顆被結核病菌占領的腫塊。雖然如此，雨卿把清醒、能工作的時間發揮到極致，他還有一件事情還沒完成。

小操的心裡非常痛苦。

她知道雨卿正在以極快的速度，極大的手筆擲出他人生的一搏。若不用這樣的方式高速運轉，他會用一種自認為是平庸的方式，抱憾離去；但以這樣方式燒盡他生命的薪火，她將提早面對沒有他的人生。

就算不願意，小操也必須面對雨卿生命所剩無幾的事實，但是，並不在表面上顯示她的擔憂。

雨卿正在做一個很大的嘗試，那也將是他留給後世的禮物。因為整理了蝙蝠的資料，雨卿希望將自己筆記裡的台灣產哺乳類動物做成檢索，並把牠們的名字整理出來。

這個工作遠比整理蝙蝠資料更加龐雜，但雨卿心裡充實又滿足。他按陸棲，體有毛，有齒類、陸棲，體脊面有鱗，無齒類、海棲，體有毛，肢體呈橈狀、海棲，體為光滑狀類分述，除了敘述所屬、學名、異名、日語名、台灣名、英語名、產地、分布之外，更加上高砂族名稱，這部分主要是依照鹿野忠雄的調查，也特別加上世界語的名稱。他覺得，這可能是為他短暫的人生留下印記的方式。動物類的檢索、世界語的註記，再也沒有比這幾個他奉獻一生的主題更有意義的紀念方式了。

紀念這短暫而令人留戀的生命。

他要小操替他把這篇〈台灣產哺乳類の檢索及び名彙〉寄到內地的兵庫縣博物學會。

然後，雖然他沒有告訴任何人，他試著以平靜的心情，等候死神的到來。

小操結婚後，幾乎沒有回過麻豆的家，一方面是父母還無法接受她的婚事，一方面是婚後雨卿短時間內便發病，她多半時間都在照顧他。

知道女兒處於這樣的難關，即便再怎麼不諒解，父母也不能袖手旁觀。帶著痛惜、不捨的心情，佐伯留雄運用關係，連夜僱車將雨卿從台南送往台北的馬偕紀念醫院。他聽說那裡有許多外籍的醫生，也許能有新療方。

上次來到台北，是為了世界語而來，這次來到台北，是為了活命而來。雨卿坐在車內，心裡有許多感慨。

翻閱自己的筆記，這麼多年來的累積都已經整理成資料了，他好像沒有留下遺憾了。若仍有遺憾，是他終會遺下小操一人。

有時候，雨卿覺得胸腔裡，有人正在用他無法發出來的聲音嘶吼。有痰，有血，有黏液，有分泌物，還有很多眼淚和不甘願，這些元素迅速構成足以密封氣管的阻礙，變成凝固塊狀，試圖阻斷空氣的來去。

肺泡艱難地鼓起、消下，想打出更多氧氣，送到身體各部位。雨卿明白這整個呼吸的過程，只是不明白怎麼會這麼費力。

更費力的是，阻止生命一點一滴莫名流逝。與小操健壯的臂膀相比，他的手臂細如火柴。當她為雨卿擦澡時，不需出力，輕易就能搬動他，還要再更謹慎一點，小操深怕弄斷了他細瘦的軀骨。

即將邁入夏季的時刻，雨卿忽然想回家。

他以沙啞的聲音，幽默感不減地說：「青蛙在叫我回家，回家吧，回家呀！小操，我們回家看看吧㉔。」

小操忍著淚水，僱好車子，親手將瘦弱不堪的雨卿抱進車裡。

坐進車子的雨卿，覺得自己被倒吊在車頂，被伸展的翅膀緊緊縛住，是的，是蝙蝠的意象。他無法呼吸。

小操將毛毯塞實在他的身體旁縫，脖子、空蕩蕩的胸腔和手臂間。

「我們回家了。」小操向雨卿低語。

雨卿在小操的身邊睡著，即便睡著，呼吸也是帶著雜聲，像是氣管裡颳颱風，把門窗震得啪搭趴搭響，也像是穴裡的蝙蝠，被外人驚動，成群鼓動翅膀，帶動氣流，和著蝙蝠的叫聲，被雨卿微弱地呼出來。

㉔ 日文的青蛙為かえる，和日文的「回家」同音。

他們的腳邊有痰盂，要讓雨卿吐痰用的。每口吐出的痰，都必須看一下，有血絲嗎？有泛綠的顏色嗎？痰盂裡要放石碳酸水、甲酚、消毒水，她每項都做了，但雨卿的病況還是日益嚴重

小操後來並不相信醫生告訴她，只要空氣清新，好好靜養，營養充足，肺病會逐漸好轉的話。沒有人比雨卿接觸過更多乾淨的空氣，他呼吸過的空氣，是美麗的蝴蝶、陰森的蝙蝠、樸實的蝸牛，甚至在水裡的貝類呼吸過的空氣，但是為何他會比其他人更呼吸不到空氣，還逐漸枯萎？

路途實在太遙遠，雨卿頭倚在小操腿上，路上有不定隆起的石頭和陷下的坑洞，因此他的頭搖搖晃晃，小操必須時時將他的頭固定住，最後索性將他擁在懷裡。

她感受到雨卿呼吸微微的熱氣，因此感到心安，然而雨卿出發時發燙的體溫，此時摸起來，手背卻一片涼滑。

到底到哪裡了？雨卿說要回家，但是她看不到窗外，究竟是哪裡，只知道，他們以相依偎的方式走了很長的路，此時，天亮了，窗外光明一片。

小操的眼前一片黑。雨卿的呼吸沒有預告就先微弱了，儘管緩慢地微弱，但是她能感

覺到他的呼吸正在悄悄離開，一根，一根，扳開她緊握雨卿的手指，一根一根扳開，漸漸脫離。

小操抱著雨卿的身體，彎下身，以自己的身體，用最大的角度覆蓋住他。

車子依舊往前開。明明是明亮的早晨，雨卻散亂地打了他們一身。

「過世的時間是早上六點三十分，車子還沒到家，他就等不及先回去了。」小操跪坐在榻榻米上，對佐伯晴輔說。

「我以佛教儀式火化你父親，長老教中學的師生都參加了你父親的追思儀式。」

在靈堂內，長老教中學加藤長太郎校長歷數雨卿製作標本的精湛技巧，以及世界語的運用嫻熟，接著說了一段讓靈堂內的師生忍不住掩面痛哭的話。

我相信，王先生留下的豐功偉業，不僅是教學或指導製作標本而已，更重要的是告訴全校的學生，人有「生」即有「死」嚴肅問題。昔日印度的悉達多太子起居於父王的王宮內，過著平靜、幸福的生活，有一天厭倦宮中生活，獨自走出王宮，不料目睹窮苦的人、患病的人、衰老的人、甚至死亡的人，頓感人生無常，遂離開王宮，遁入山中修行，終於悟道成為佛教始祖。在人間，雖然人最懼怕「死」，但誰也無法逃避這個命運。唯有以平靜的心、嚴肅的態度去思考「死」的問題，才必然有福。我想這是王先生的早逝帶給我們的啟示，也是他以自身展示給學生最深沉的課題。到最後一刻，他都沒忘自己是先生的本分。

追思儀式後，小操把雨卿的骨灰放在台南商業學院附近的知恩寺。

直到儀式結束，小操才收到刊登了雨卿文章的《兵庫縣博物學會會誌》。她帶去給雨卿看，他必定看到了。

雖然他一向寬容、帶笑的眼睛，成了灰。

「後來，就如同你所知道的，我搬回麻豆跟父母親住，因為雨卿的父母早就過世，我等於沒有其他親人。許多人都勸我可以再嫁，可是我已經有了比別人更豐富的人生，我無法想像會有更好的。為了讓大家知道我的決心，我領養了你，讓你姓王。

「你或許會覺得奇怪，自己的長相和一般台灣人、日本人不一樣。我第一眼便看到你的眼睛。你是泰雅族的孩子，你父親非常欽慕鹿野忠雄先生，鹿野先生期待自己能成為泰雅族人。我透過許多關係，收養了你。登記成我們的孩子，也算是完成你父親的心願。」

小操端起已經涼了的茶，像是訴說別人故事，聲音平靜無波地繼續說：「戰爭開始後，大家的生活都很艱苦。尤其是戰敗後，我們被引揚，一生奮鬥的成果什麼也帶不走，我只帶了你父親的蝴蝶標本和他的骨灰回來。你的外公外婆引揚回來後，過幾年也鬱鬱寡歡過世。我們被引揚回來的日本人，備受歧視，我不得已將你改成我的姓氏，這樣，我們才能活下去。」

知道自己的身世，佐伯晴輔很激動，血液忽然在血管裡沸騰起來。母親的話語，清清淡淡地，但他知道，母親這一生受到了多少磨難。

「另外，」小操望著兒子佐伯晴輔：「我想告訴你，等我這趟應你父親的學生邀請去台灣後，我就不會再遠行了。因為經過醫生診斷，我已經有失智症的前兆，再出門可能會造成別人的困擾。」

佐伯晴輔聽到這個消息，感覺比得知自己的身世更震驚。

「我希望你父親的人生不要被忘記，更希望你能記得。雖然我們沒有血緣關係，但你父親跟我的感情若能跨越國族，誰說家庭的組合不能跨越血緣？如果有一天，我不記得了，請你要替我記得。」

當晚，小操在房內整理行李，明日兒子會載她去機場，如她所言，這將是最後一次遠行，可能是最後一次探望雨卿的家鄉。

戰後回到日本來，她已經應雨卿學生的邀請，去到台灣造訪數次，這幾次，她一次比一次年老，學生人數也一次比一次少，他們都沒有告別，逕行離去，讓人連責備都不忍心。

她開始覺得自己活得太久，像是一本裝訂得太厚的筆記本，裡面寫了太多字，夾了太多片葉子，有水分浸潤過後的起伏，土壤的汙痕，像是雨卿以前使用的手記一樣。

活得太久的證據還出現在身體上。她的乳房乾癟，身上背著多重往下垂墜的肉，她本來就澎皮，雨卿說的，因此當時間繞著她，嬉鬧、拉扯、拍打，她的皮膚便被拉鬆、膨脹、皺漚，出現時光頑皮留下的塗鴉斑點，用淚水刷洗都洗不掉。

但是雨卿仍是那樣的英挺，三十二歲的英挺。

活得太久。

活得太久的證據還有，她再也見不到一些摯友，例如在她麻豆的家，為她和雨卿的婚事想方設法的林茂生。

林茂生在一九四七年的二二八事件後，被兩位持槍者到住處，要他去見行政長官陳儀，從此生死未卜，下落不明，這年的林茂生六十歲，學生還計畫要替他慶祝六十大壽。

知道林茂生失蹤的消息後，小操反覆作著一個夢。她夢見林茂生沾血的屍體被丟入了河中，濺起巨大水浪和巨響，接著往出海口流去。

然而，雨卿取出牠的頭骨成為鳥骨標本一部分的魚類、深藏在研究室內的貝類、雨卿研究的紅蝦、有鱗無鱗、有鰭有蹼的泅泳哺乳類，逐漸齊聚游來，圍繞在面向下的屍體邊，以洄游，近似抬棺的方式，展演莊嚴送葬的隊伍，究竟該怎麼調整速度行進。

河上波光粼粼，夜光蟲也來作伴。

大而圓的月亮掛在天際，慈祥而無言地看著滄桑世間。無論你閃躲何方，月亮總是注視著。

注視著。

跋

與王雨卿低語細談，揣測他的心意，臆想他的感知，追尋他的行蹤，閱讀他的文字，甚而，拆解油印刊物上，可能出自他的筆跡，時間匆匆，竟超過十年光陰。

首次發現他的名字，在一份不屬於我研究範圍的動物學術論文裡，我發現他詳細地記錄下蝙蝠的拉丁學名、台語拼音名稱，還註上了世界語（Esperanto）的名稱。

「為什麼？」我心裡非常疑惑。

收集到片片斷斷的王雨卿資料越多，我心裡的情緒便越複雜，最初是想著如何能將他納入我的博士論文體系裡書寫，後來幾番考索，終究放棄這個念頭。就學術論文而言，他的資料太少，太零碎，無法串連也無法統整。但這個早逝的博物科老師始終縈繞在我心頭，在撰寫博士論文的苦悶過程中，我多次拿出他的資料閱讀，越是了解越是不忍。王雨卿因為家境困苦，只有公學校的學歷，但憑著自學，一次一次參加了檢定考試，最後取得文部省中等教員的檢定試驗——博物科及生理衛生科的資格，這項考試非常困難，根據何耀坤先生的說法，日治時期五十年間，台灣人總共只有兩人通過博物科檢定考試，其一為王雨卿，另一位則是在戰後擔任台灣水產試驗所所長的鄧火土先生。如果王雨卿能活長一點時間，會創造出什麼更光榮的歷史？我常常自問這個問題。當時正在撰寫博士論文的我，實在無暇再追尋其他的資料，我輕輕地對資料夾裡的王雨卿說：耐心地等我一下，我會回來找你。

多年後，當我重新審視王雨卿這個既是生物學家，也是個世界語者的生平，心裡的念頭隱隱成形：若他不能在我的學術論文裡出現，那麼，我可不可能在文學作品裡重現他的光采？

「太過短暫的人生。」我彷彿聽見他的喟嘆。我開始構思讓王雨卿再活一次的可能。

此時，王雨卿編輯的世界語雜誌尚未出土，我只能在其他人引述的文字中知道曾有這樣一份雜誌，但無法見到原本資料。

「究竟在哪裡？」王雨卿的人生之於我，常是問號。

記得那個冬日，經過一天的搜尋，我走出在早稻田車站附近的日本エスペラント協會，滿是疲倦，卻沒有喪氣過。我知道那份刊物一定就在某處，也許並非等待著我，但終究會被看到。

當書寫正式開始，我墜入了一個無名以狀的哀傷之中，時間維持甚久。小說情節中的某些人必然在王雨卿的人生中出現過，但不曾遇見過的人卻有可能在彼此的生命裡留下痕跡。這聽來弔詭卻又無比可信的推斷，促使我審視當時代相關的人物，思索他們交纏於生活、催化歷史的意義，越是發掘，越是令人心驚。有時，我以為我在寫小說的情節、對話，但有時候，我驚覺自己竟用寫學術論文的嚴謹和理性自問：真實是什麼？

真實是王雨卿真真切切活過一回，也愛了一回。真實也是他幾乎被湮沒、被遺忘，曾經奮力追求過的一切，幾乎沒有人知道，也沒有人記得。

真實更是，不僅王雨卿不被記得，許多那個時代逐夢、掙扎的人，也被遺忘了，當我端詳畫作入選台展四次的柳德裕（一九〇二——一九五九）的作品，被他倔強凝視世界的眼神觸動。我揣想一個家宅彩繪師轉而揮繪油彩，是怎樣的心境？我把柳德裕當做人物原型，轉換成小說裡的「柳得裕」，詳細呈現彩繪師的傳統技法，描寫這個非科班出身，卻在一次公開舉辦的繪畫比賽中，擊敗林玉山和潘春源的畫師。

真實，是佐伯操這樣的女性，堅毅柔韌地撐起了歷史，但當時間的巨輪無知無覺地輾過，遺留下來的又有什麼？

越是書寫，我越是體會到，這可能是一本遺忘之書，不僅佐伯操即將遺忘自己，若曾這樣熱切愛過、燃燒過的點點滴滴沒有被記錄下來，遺忘是必然的事實，而書寫的我，無法置身事外。

書寫過程中，我收到了來自日本的學妹呂美親寄來的資料，美親的欣喜溢於言表，與我分享出土不久，王雨卿編輯的世界語刊物《綠の島》（*La Verda Insulo*）。我看著工整仔細的統一字跡，精緻的插圖，拿著刊物的手竟是微微顫抖的。我想像王雨卿就是用這樣的筆跡，記錄了他看見的動物，魚、蝦、蝸牛、蝙蝠和蝴蝶。看到自己追尋了那麼久的人物，彷彿仍然呼吸著，透過紙面微笑著，可能還等待著，我知道，我一定要以文字陪伴王雨卿走到盡頭。

也許因為書寫者是我，因此這本小說視同我的創作，但實際上，我多麼感謝那段時間，有這些小說人物與我同行，還帶上我一向喜歡的昆蟲、植物，把我的生活點綴得熱鬧非凡，陪伴我度過了許多低潮無解的時刻。我筆下的昆蟲、動物，僅只是這些生物學家眼裡看到的一小部分而已，無論是蛾的絨毛、蝴蝶的翅脈，還是紅蝦的觸鬚，我相信在熱愛生物研究的學者來說，一定讓他們雙眼發亮，講來便如數家珍，甚至訓練了一手製作標本的好手藝，即便奪去了這些動物的性命，也為牠們留下最好的形體狀況，以供留念、參考，然而，這些對研究有莫大熱情的學者所存在的時代，卻是死無全屍，莫名失蹤，甚至連屍體都找不到的時代。我特意突顯死亡與標本的對立關係，是向台灣歷史上無可選擇的時代悲劇致意，也是向被粗暴踐踏的珍貴生命致敬。

對於黑暗來說，光的存在何其重要。何處尋光熱，何處尋找最初的火種？當文明和精神終於能凝聚成一道捍衛價值的流燦之光，亮光的起點源於何處？對小說裡的王雨卿來說，生命雖有其盡頭，但想望無盡，愛也無盡；對佐伯操來說，幸福雖有其盡頭，但相思無盡，記憶雖是漫長的一條路，但已非記住不忘，就能持續的永恆。

我想像，當雨卿站在台南運河望著發亮的河面，想到自己一路走來的悲欣，可能疲憊卻無憾，他知道，自己生命的亮光的起點，起始於對夢想鍥而不捨的追求。那麼，當台灣人能開始一點一滴將這些逐漸被遺忘的歷史斷片撿拾回來，可不可能也是另一個亮光的起點？二〇一六年，我寫完了這本小說，在同年獲獎，那年正是王雨卿誕生一百一十週年，他正如自己在自編自印的世界語雜誌中取的筆名「曄星」，在書頁裡現出了獨特的亮光。

書籍即將出版的此時，一定要致上我心裡特別的謝意：特別感謝我的家人，容忍一個整天都埋首文獻書堆的女兒／姊姊，絕大多數時間都是個言語無味、耽溺於思索的研究者。在出版業寒冬的時刻，毅然決定出版這冊小說的印刻文學總編輯初安民先生，我記得初先生在二月的冷空氣裡吐出的煙霧，他不僅是個勇於承擔的出版人，也是個給予我諸多鼓勵的前輩，沒有他，沒有這本小說的出版，也不會有《印刻》雜誌二〇一八年四月號，首先讓讀者認識誰是王雨卿的專輯故事。清華大學台灣文學研究所的陳萬益教授、成功大學台灣文學系呂興昌教授先後在我的碩士班、博士班階段成為我的業師，他們不僅在文學專業上啟發了我，更以親身實踐教導我嚴謹治學的態度，對故鄉文化的珍視，甚至可說是一種浪漫的革命情懷，兩位老師對我展現的是「人格者」的典範。政治大學台文所陳芳明教授作為我的文學獎評審和文學寫作前輩，給予這部作品的鼓勵、賜序，令我銘感於心。幾位長輩、朋儕給予許多溫暖：始終沒有忘記這本小說，始終帶著爽朗笑聲的建農學長、對我展現何謂信仰力量的林良信長老。書寫過程當中，我試著將王雨卿在日本與台灣各處的資料統整起來，許多資料囿於法令規範、地域限制，取得不易，摯友京都大學的三野和惠博士，排除萬難取得我需要的文件，若沒有她的幫忙，王雨卿的許多生平事蹟，是無法釐清的。最後，要謝謝從拿到小說文稿，一邊仔細閱讀一邊進行校對的徐元先生，他在東大的求學故事、成為產業界的擘旗人的經歷，就像一篇人生的勘誤表，鼓舞了許多人，他審慎的處世態度與學問的淵博，點綴著不經意洩出的俠義豪情，贏得了許多人的敬重。

這本小說從構思、書寫到完成，電腦螢幕上面對的文稿畫面相似，但人生際遇幾番波折，許多複雜的心緒，難解的困境，悲喜交集的時刻，唯有閱讀、書寫能撫緩傷痕，停下眼淚——即便還帶著淚水，也能生出某一種不明所以的希望，睜望著幾個輕巧的淺笑悄悄從窗邊滾落，一路踉蹌到桌邊，成為翻閱文獻的書籤。

每頁書籤都是生命的一個記號。對王雨卿來說，世界是一座大博物館，而我祈願，台灣作為一本書，更多人來閱讀，也許讀者將發現，有那麼多書頁雖然字句殘缺但不忍翻過，也有一種迫不及待展開下一頁探險的好奇。

附錄

王雨卿年表

年分	事件
一九〇七年（明治四十年）	出生於台南市關帝港街。
一九二〇年（大正九年）	公學校畢業，於台南師範學校任給仕（工友）。
一九二二年（大正十一年）	成為台南師範學校博物助手。
一九三〇年（昭和五年）	台灣公學校乙種本科正教員合格。同年六月於《台灣博物學會會報》發表〈台南市附近產蝶類目錄〉，此後有〈ハコエビ台灣に產す〉、〈魚の頭骨で組立てられる鳥の模型〉、〈台南市附近產蝶類追加〉等多篇論文刊登於學術期刊。

一九三一年（昭和六年）	文部省生理衛生科中等教員合格。
一九三二年（昭和七年）	文部省動物科中等教員合格。
一九三四年（昭和九年）	私立台南長老教中學及女學校兼任教員。創辦世界語雜誌《綠の島》（*La VerdaInsulo*）。
一九三五年（昭和十年）	擔任台南師範學校教務囑託。
一九三六年（昭和十一年）	私立台南長老教中學及女學校兼任教員，同年與佐伯操結婚，婚後離開台南師範學校，任私立台南長老教中學及女學校教師。
一九三八年（昭和十三年）	發表〈日本產翼手目資料〉、〈台灣產哺乳類の檢索及び名彙〉。同年六月十六日因結核病逝世，享年三十二歲。

INK PUBLISHING

文學叢書 583

亮光的起點

作　　者	鄧慧恩
總 編 輯	初安民
責任編輯	林家鵬
美術編輯	陳淑美　黃昶憲
封面提供	鄧慧恩
校　　對	鄧慧恩　潘貞仁　林玟君　林家鵬
發 行 人	張書銘
出　　版	INK印刻文學生活雜誌出版股份有限公司 新北市中和區建一路249號8樓 電話：02-22281626 傳真：02-22281598 e-mail: ink.book@msa.hinet.net
網　　址	舒讀網http://www.sudu.cc
法律顧問	巨鼎博達法律事務所 施竣中律師
總 經 銷	成陽出版股份有限公司
電　　話	03-3589000（代表號）
傳　　真	03-3556521
郵政劃撥	19785090　印刻文學生活雜誌出版股份有限公司
印　　刷	海王印刷事業股份有限公司
港澳總經銷	泛華發行代理有限公司
地　　址	香港新界將軍澳工業邨駿昌街7號2樓
電　　話	852-27982220
傳　　真	852-27965471
網　　址	www.gccd.com.hk
出版日期	2018年12月　　初版
ISBN	978-986-387-268-9

定價　350元

本書由 公益信託星雲大師教育基金 授權出版

本書獲 國藝會 NCAF 贊助出版

國家圖書館出版品預行編目資料

亮光的起點／鄧慧恩 著；-- 初版. -- 新北市：INK印刻文學, 2018.12

面；14.8 × 21公分. --（文學叢書；583）

ISBN 978-986-387-268-9（平裝）

855　　107018550